YO EN TU LUGAR

Selección de relatos de ficción de L. Ronald Hubbard

Disponible en español
Asesino de espías
Bajo bandera negra
El gran secreto
Forajido por error
Campo de batalla: la Tierra
Hacia las estrellas
Miedo

Disponible en inglés
A Very Strange Trip
Ai! Pedrito!
Buckskin Brigades
Final Blackout
The Kingslayer
The Mission Earth Dekalogy*
Ole Doc Methuselah
Slaves of Sleep & The Masters of Sleep
Typewriter in the Sky

*Dekalogy—serie de diez volúmenes

L. RONALD HUBBARD

Yo en tu lugar

Publicado por
Galaxy Press, LLC
7051 Hollywood Boulevard, Suite 200
Hollywood, CA 90028, USA

© 2013 L. Ronald Hubbard Library. Todos los derechos reservados.

Toda copia, traducción, réplica, importación o distribución, total o parcial, en cualquiera de sus formas, sea por copia, almacenamiento o transmisión electrónica, que no haya sido autorizada supone una violación de las leyes vigentes.

Mission Earth (Misión Tierra) es una marca registrada propiedad de L. Ronald Hubbard Library y cuenta con la autorización necesaria para su utilización. *Battlefield Earth (Campo de batalla: la Tierra)* es una marca registrada propiedad de Author Services, Inc. y cuenta con la autorización necesaria para su utilización.

La ilustración de la portada es de *Argosy Magazine* es protegidos por derechos de autor © 1936, de Argosy Communications, Inc. Todos los derechos reservados. La reimpresión ha sido autorizada por Argosy Communications, Inc.

ISBN-10 1-61986-228-X
ISBN-13 978-1-61986-228-9

SPANISH

Contenido

Prólogo	VII
Yo en tu lugar	1
El rescate del diablo	67
Avance del próximo volumen: Asesino de espías	95
Glosario	103
L. Ronald Hubbard en la Edad de Oro del género *PULP*	111

PRÓLOGO

Relatos de la Edad de Oro del género *pulp*

Fue, en efecto, una edad de oro. Las décadas de 1930 y 1940 tuvieron un marcado dinamismo y una importancia fundamental para un público extraordinario de ávidos lectores, probablemente el público más numeroso de lectores per cápita que haya habido en la historia de Estados Unidos. Los estantes de revistas rebosaban de publicaciones de bordes dentados y portadas llamativas realizadas con un papel barato, rústico y amarillento a precios accesibles. Era la mayor emoción que podía caer en tus manos.

Las revistas «pulp», así llamadas por el burdo papel que empleaban, hecho con pulpa de celulosa, eran el vehículo para acceder a toda una serie de relatos tan asombrosos que ni a la propia Scheherazade se le habrían ocurrido en un millón y una noches. Claramente diferenciadas de otras revistas más «sofisticadas», de más categoría, impresas en papel satinado y elegante, las revistas *pulp* eran para «el resto de los mortales» y ofrecían una aventura tras otra a todo aquel que disfrutara leyendo. Los autores del género *pulp* eran escritores que no seguían ninguna regla establecida; eran narradores de pura cepa. Para ellos lo importante era que el argumento tuviera

• PRÓLOGO •

un giro inesperado y emocionante, un personaje aterrador o una aventura espeluznante, no una prosa espléndida o metáforas enrevesadas.

El volumen de relatos publicados durante aquella maravillosa época dorada sigue siendo incomparable al de cualquier otro período de la historia literaria: fueron cientos de miles de relatos publicados en más de novecientas revistas distintas. Algunos de los títulos sólo tuvieron una o dos ediciones; gran parte de las revistas sucumbieron a la escasez de papel durante la Segunda Guerra Mundial, pero otras permanecieron unas cuantas décadas más. Los relatos *pulp* siguen siendo un tesoro escondido lleno de historias que uno puede leer, adorar y recordar. El argumento y los personajes guiaban este tipo de relatos, en los que siempre había héroes distinguidos, perversos malvados, hermosas damiselas (a menudo en peligro), planes diabólicos, lugares asombrosos, romances intensos. Los lectores querían que los transportaran a otros mundos distintos a la vida prosaica, vivir aventuras muy alejadas de sus vidas rutinarias, y el género *pulp* casi nunca los decepcionaba.

En este sentido, el género *pulp* sigue la tradición de toda la literatura memorable. La historia ha demostrado que los buenos relatos son mucho más que mera prosa elegante. William Shakespeare, Charles Dickens, Julio Verne, Alejandro Dumas y Miguel de Cervantes, por citar algunas de las figuras más destacadas, escribieron sus obras para los lectores, no sólo para sus colegas literarios y admiradores académicos. Y los escritores del género *pulp* no eran la excepción. La profusa circulación de estas publicaciones llegaba a un público que

• PRÓLOGO •

eclipsaba el de las revistas de relatos de hoy en día. Más de treinta millones de ávidos lectores adquirían y leían revistas *pulp* todos los meses. A los escritores del género no se les pagaba, por lo general, más que un céntimo por palabra, de modo que o eran prolíficos, o se morían de hambre.

Aunque no hay un equivalente claro a la ficción *pulp* norteamericana en la literatura española, el término es conocido por los lectores latinos como «los *pulp*» o «la literatura *pulp*». Durante las décadas de los años 40 y 50 héroes como La Sombra (The Shadow), Bill Barnes o Doc Savage fueron populares en España, en ediciones muy similares a las originales norteamericanas. Esto llevó a la creación de colecciones de ficción popular, llamadas «literatura de kiosco» o «novelas de a duro» o más tarde «bolsilibros», principalmente las historias del oeste de Marcial Lafuente Estefanía o las aventuras de El Coyote (una especie de héroe enmascarado al estilo de El Zorro), obra del gran José Mallorquí. En los años cincuenta la ficción *pulp* se hizo popular con Pascual Enguídanos y su «Saga de los Aznar», escrita bajo el pseudónimo de H. G. White, el equivalente español a la *space opera* y la ciencia ficción americana de ese período.

Los escritores *pulp* también tenían que escribir con agresividad. Richard Kyle, editor de *Argosy*, la revista más destacada y la que duró más tiempo, lo explicó sin rodeos: «Los mejores escritores de las revistas *pulp* trabajaban en un mercado que no escribía para los críticos ni intentaba satisfacer a los anunciantes tímidos. Al no tener que responder ante nadie, salvo los lectores, escribían sobre seres humanos al filo

• PRÓLOGO •

de lo desconocido, en los nuevos territorios que se explorarían en el futuro. Escribían para lo que nos íbamos a convertir, no para lo que ya habíamos sido».

Algunos de los nombres más duraderos que honraron el género son H. P. Lovecraft, Edgar Rice Burroughs, Robert E. Howard, Max Brand, Louis L'Amour, Elmore Leonard, Dashiell Hammett, Raymond Chandler, Erle Stanley Gardner, John D. MacDonald, Ray Bradbury, Isaac Asimov, Robert Heinlein y, por supuesto, L. Ronald Hubbard.

En pocas palabras, Hubbard fue uno de los autores más prolíficos y exitosos de la época. También fue uno de los que más perduró —prueba de ello es la presente antología— y uno de los más legendarios. Todo comenzó a los pocos meses de haber probado suerte como escritor de ficción. Los relatos de L. Ronald Hubbard aparecieron en las revistas *Thrilling Adventures, Argosy, Five-Novels Monthly, Detective Fiction Weekly, Top-Notch, Texas Ranger, War Birds, Western Stories*, e incluso *Romantic Range*. Era capaz de escribir cualquier género y sobre cualquier tema, desde exploradores de la selva a buceadores de las profundidades marinas, desde agentes secretos, gánsteres, vaqueros y pilotos expertos a montañeros, detectives impasibles y espías. Pero cuando realmente comenzó a brillar con luz propia fue cuando dirigió su talento hacia la ciencia ficción y la fantasía y escribió casi cincuenta novelas o novelas cortas, que cambiaron para siempre la forma de estos géneros.

Siguiendo la tradición de otros afamados autores, como Herman Melville, Mark Twain, Jack London y Ernest Hemingway, L. Ronald Hubbard vivió en persona una

• PRÓLOGO •

serie de aventuras que hasta sus propios personajes habrían admirado: fue etnólogo entre tribus primitivas, explorador e ingeniero en climas hostiles, capitán de navíos en cuatro océanos. Escribió incluso una serie de artículos para la revista *Argosy* titulada «Trabajos infernales», en los que experimentaba y hablaba de las profesiones más peligrosas que podía ejercer un hombre.

Por último, y sólo por añadidura, también fue fotógrafo competente, artista, cineasta, músico y educador. Pero sobre todo fue escritor, y ese es el L. Ronald Hubbard que llegamos a conocer a través de las páginas de este volumen.

Esta selección de relatos es una muestra de algunas de las mejores historias de L. Ron Hubbard de los tiempos gloriosos de la Edad de Oro de las revistas *pulp*. En estos volúmenes, los lectores son invitados a toda una gama de géneros: ciencia ficción, fantasía, western, misterio, thriller, terror, incluso romance: acción de todo tipo y en todas partes.

Las revistas *pulp* se imprimían en papel de muy bajo coste con alto contenido en ácidos y por lo tanto no eran revistas concebidas para soportar el paso del tiempo. Con el transcurrir de los años, los números originales de todas las revistas, incluidas *Argosy* y *Zeppelin Stories*, continúan estropeándose con el tiempo y reduciéndose a polvo amarillento. Esta colección conserva los relatos de L. Ronald Hubbard de esa era y los presenta con el aspecto característico de la época, lo que proporciona un sabor nostálgico de aquellos tiempos.

Los relatos de la Edad de Oro de L. Ronald Hubbard son para todos los gustos y para todo tipo de lectores. Con ellos

• PRÓLOGO •

rememorará una época en la que la lectura de obras de ficción constituía un pasatiempo sano y placentero, la mayor diversión que podía tener un niño en una tarde lluviosa o un adulto tras la dura jornada laboral.

Elija un relato y reviva el placer de la lectura, el placer de acurrucarse en el sillón con una *gran historia* entre las manos.

—Kevin J. Anderson

KEVIN J. ANDERSON ha escrito más de noventa libros de ficción especulativa muy aclamados por la crítica, entre los que cabe citar *Expediente X*, *La saga de los siete soles*, la continuación de *Las crónicas de Dune* con Brian Herbert y la novela *¡Ay, Pedrito!* basada en el relato original de L. Ronald Hubbard, un gran éxito de ventas según la lista del *New York Times*.

YO EN TU LUGAR

YO EN
TU LUGAR

El Maestro murió, como no podía ser menos, una noche oscura y tempestuosa. Tras una tarde de calor infernal llegó la tormenta de verano con todo su estruendo y arrancó lonas, tiró estacas y desató toda su furia en la gran carpa. Llovió a cántaros con un frío palpable, luego amainó y tras siete horas de incesante bombardeo, todo se transformó en un lodazal tan persistente que ni los elefantes de trabajo podían mover los vagones. Las astas de los estandartes chorreaban; los curiosos del pueblo tiritaban en el poco cobijo que había; uno de los grandes felinos, agitado por el aire tropical de la tormenta, gruñía y daba vueltas en su jaula.

Y, aunque su rostro ya mostraba una palidez amarillenta y la piel se le desprendía de los huesos, el Maestro logró esbozar una sonrisa malévola. Estaba esperando, aguantando y esperando, pues hacía ya media hora que había mandado llamar al pequeño Tom, el rey de los enanos. Y mientras esperaba se transportó al pasado para saborear mejor lo que estaba a punto de hacer.

El Maestro era el pájaro de mal agüero del campamento gitano. Nadie sabía de dónde había venido, pero con él llegó una sucesión de desastres. Alto y huesudo, siempre tuvo un aspecto más cadavérico que humano; los ojos velados se ocultaban tras unos párpados gruesos y oscuros; las manos parecían siempre dispuestas a estrangular a alguna presa; el pelo negro se le apelmazaba en la cara del mismo modo que la ropa se le apelmazaba al cuerpo.

Según decía, era quiromántico. La señora Johnson no quiso contratarlo pero, pese a ser ella la jefa del espectáculo, no fue capaz de rechazarlo. Hermann Schmidt, maestro de ceremonias y en la práctica director de todo el asunto, tampoco pudo resistirse al dominio misterioso de aquellos ojos. Y fue así como se convirtió en «El Maestro» para el campamento gitano y Yogi Matto para los palurdos.

Fue objeto de inquietantes conjeturas semanas enteras, pues se dieron una serie de infortunios, y todos graves. Pero los hombres le tenían miedo y no decían nada. Como si se regodeara con sus noticias, el Maestro vaticinó con precisión todos y cada uno de los desastres, hasta la tormenta que aquella noche alejó al gentío. Y por extraño que parezca, también había augurado, de nuevo con regocijo, su propia muerte.

Decían que era ruso, pero un día apareció un hindú entre el público, y hablaron los dos en el idioma del hindú. Pero cuando ya le habían tildado de indio, descubrieron que también hablaba chino y turco. En cierta ocasión uno de los peones circenses vio lo que había en sus baúles y manifestó que el excesivo peso de los mismos se debía a que albergaban al menos cien libros de aspecto ancestral, llenos de signos y conjuros misteriosos.

A nadie se le escapaba que el Maestro poseía un poder excepcional. Pese a toda la furia que pudiesen descargar contra él por llevar a los clientes al borde de la histeria con maléficas premoniciones de su futuro y perjudicar el espectáculo de ese modo, ningún hombre había podido jamás abordar aquella mirada.

Ningún hombre salvo el pequeño Tom, claro está.

Cómo era eso posible, era algo que ni el Maestro se explicaba. Pero lo cierto es que desde el primer momento, el pequeño Tom, un as del despiadado arte de la mímica, supo ver el lado cómico del Maestro y provocó no pocas risotadas a su costa. El asunto llegó a ser casi una guerra declarada, pero el pequeño Tom, a quien preocupaba enormemente en su fuero interno lo que el mundo pensara de él aunque en apariencia se jactara de sus dotes satíricas, siguió haciéndolo con soltura.

La burla siempre tenía éxito con el público, cosa que no podía decirse del Maestro. Cuando éste terminaba, el pequeño Tom acaparaba al público en la pista secundaria y haciendo gala de su astucia les decía la buenaventura con una voz compungida que hacía retumbar la carpa entera con tantas carcajadas. Aquel público, que percibía la maldad, no aceptaba de buen grado lo que había dicho el Maestro.

Y todo el campamento gitano reía con el pequeño Tom, aun cuando nadie más osaba ofender al Maestro.

El Maestro no había olvidado su impotencia a la hora de desestimar aquellas pullas. No había olvidado que un hombre de poco más de medio metro llevara meses ridiculizándolo. Nunca dijo nada.

Pero ahora se estaba muriendo. Y se alegraba de morir, convencido como estaba de que allá donde fuera le esperaba la gloria. En la muerte se encontraría a sí mismo al fin. Pero no podía olvidarse del pequeño Tom. ¡No! Lo recordaría y le dejaría un legado. Ya había preparado el documento.

Se acercaba alguien por el pasillo del vagón, acto seguido se oyó el ruido del picaporte y el pequeño Tom entró en el compartimento. Se quitó el poncho diminuto, que estaba chorreando de agua.

El Maestro se incorporó un poco sobre la almohada para poder recibir a su visita, de quien sólo veía la cabeza sobresaliendo por encima del camastro.

El pequeño Tom, de porte apuesto y por lo general muy alegre, estaba sumido en una seriedad absoluta. Sentía que su deber era mostrar extrema compasión, sin embargo no acababa de entender por qué, de entre todo el personal, lo había llamado a él en semejante trance; el médico le había dicho afuera que el Maestro no iba a vivir mucho más. Siempre le habían repugnado aquellos ojos velados, pues el pequeño Tom no era valiente, a pesar de su fachada. Esperó a que hablara el Maestro.

—Te estarás preguntando —le dijo el Maestro—, por qué te he llamado.

Hablaba con un hilo de voz y el pequeño Tom tuvo que acercar el oído a sus labios hediondos.

—Sé que le estás dando vueltas a los posibles motivos —continuó el Maestro—. No temas, voy a decírtelo porque siempre te he respetado.

El pequeño Tom se asustó.

—Sí —dijo el Maestro—, he visto que tienes muchas cosas dignas de admiración. Los hombres tienen miedo de lo que me ha caído en suerte. Se alejan cuando me acerco. Pero tú... tú fuiste valiente, mi pequeño Tom. Tú no saliste huyendo ni te acobardaste. Te armaste de valor no sólo para hablarme y conocerme, sino que además te arriesgaste a provocar mi ira, tan temida por todos los demás.

El pequeño Tom nunca había considerado que sus burlas exigieran tantas agallas.

—No fue por valentía —protestó, tratando de decir algo decente a un moribundo—. Eso son imaginaciones suyas...

—No, no son imaginaciones mías. Los hombres se escabullen cuando me ven por una razón muy particular, mi pequeño Tom. Se escabullen porque yo los impulso a hacerlo. Sí, esa es la verdad. Los obligo a alejarse. No quiero saber nada de ellos porque odio a toda la humanidad. Yo los incito, mi pequeño Tom. Habrás advertido hace ya tiempo que domino un arte extraño y sutil que escapa a la comprensión de estos necios, esclavos materiales de sus propios deseos.

De todo lo que el pequeño Tom esperaba oír en voz de un moribundo, aquello era sin duda lo más alejado. Al igual que los demás, había sospechado esas cosas, pero le habían inspirado burlas, no terror, y no por aplicar la lógica sino por su carácter.

—Gracias a este dominio que tengo —continuó el Maestro—, ahora podré dejar este mundo por otro mucho mejor, sabiendo con exactitud a dónde voy. De mí no quedará más que un cadáver. Aquí tengo algunas cosas...

—¡No, no se va a morir! —dijo el pequeño Tom.

—Si creyera lo que dices, me pondría muy triste —respondió el Maestro—. Pero volvamos a lo que te trajo aquí; como debes saber, yo nunca he logrado impresionarte.

—Bueno... nunca me impresionó, no.

—Así es —dijo el Maestro—. No puedo conmoverte. Y eso significa que en tu subconsciente tienes el poder de manejar y controlar todas las fases de la magia negra.

—¿Yo?

—Sí, tú. Y yo lo valoro, y te respeto por ello. Tengo un corazón generoso, mi pequeño Tom, pues soy culto y tengo buenas entendederas. Mi legado son mis libros. Son libros muy antiguos, raros, casi todos están escritos en idiomas místicos. Pero he traducido numerosos pasajes al inglés. Estos volúmenes contienen el maléfico saber popular de los antiguos pueblos de Oriente. Son muy pocos los hombres que tienen noción, por leve que sea, del alcance de tal sabiduría, del poder que se obtiene con su uso. Y tú, mi pequeño Tom, serás mi heredero. Este documento que tengo aquí lo atestigua. A ti te lo doy.

El pequeño Tom lo tomó y su mirada asombrada pasó del papel al Maestro.

—Nunca creíste que en realidad era tu amigo —manifestó el Maestro—. Bueno, ¿qué mejor prueba que este legado que te ofrezco por propia voluntad? ¿Acaso no demuestra mi buena estima, mi pequeño Tom?

—Bueno... sí, claro.

—Cuando me muera suma mis baúles a tu equipaje.

—Nunca creíste que en realidad era tu amigo —manifestó el Maestro—. Bueno, ¿qué mejor prueba que este legado que te ofrezco por propia voluntad? ¿Acaso no demuestra mi buena estima, mi pequeño Tom?

Estúdiate bien los tomos. ¿Acaso hay mejor regalo que la sabiduría?

—No... no sé qué decir. Es... es demasiado...

—No me lo agradezcas, te lo ruego. Es una nimiedad, puesto que ya no los necesitaré. Y ahora vete, pues en los pocos minutos que me quedan quiero concentrar todo mi poder en el mundo que me está esperando.

El pequeño Tom seguía tan perplejo que dio un traspié cuando se dirigía a la puerta. Se puso el poncho sin saber cómo y recorrió a tientas el pasillo. Al rato advirtió que aún tenía el documento en la mano diminuta y se lo guardó. Estaba muy alterado, tanto que siguió recorriendo el tren sin acordarse de bajar y buscar su vagón.

Y así fue que abrió la puerta del vagón privado de Hermann Schmidt y ya había recorrido la mitad cuando cayó en la cuenta de dónde estaba. Y para entonces ya era demasiado tarde.

Todos sabían que Hermann Schmidt, maestro de ceremonias y director tácito de *Johnson Super Shows*, tenía el genio de un sargento instructor prusiano, y como era casi un gigante podía darle rienda suelta. Estaba sentado en un escritorio, contando dinero a espuertas que después metía en una caja grande de hojalata. Tanto parecía gustarle la tarea que hasta que no se cerró la puerta —sostenida unos instantes por el amortiguador hidráulico—, no se percató de que habían invadido su sanctasanctórum.

Schmidt se volvió como un toro repentinamente apuñalado por detrás y se levantó a medias, agarrando la silla como si fuera a lanzársela a alguien. Por un instante buscó en vano, pues el instinto le obligaba a posar la mirada medio metro más arriba de la cabeza del pequeño Tom, más o menos donde cabía esperar la cara de un hombre cualquiera. Fue entonces cuando vio al pequeño Tom que, en aquel trance, se paralizó por la temible cólera del maestro de ceremonias, a todas luces desproporcionada para tan nimio delito.

Con un escalofriante juramento en alemán, Schmidt expresó alivio e iracundia a partes iguales. Arremetió con ímpetu, agarró al pequeño Tom por la pechera del poncho y lo levantó casi un metro del suelo como si fuera un muñeco de serrín.

—¡Con que espiando, eh!

El pequeño Tom fue zarandeado con tanta violencia que aun sin el ahogo que aquel poncho le estaba causando a resultas del apretón de Schmidt, tampoco habría podido responder una palabra. No comprendía, ni siquiera en aquel instante terrorífico, a qué se debía la furia de Schmidt.

—¡Cómo te atreves a entrar aquí sin más! ¿Te crees acaso que esto es una pasarela? ¿Acaso crees que eres el dueño del espectáculo? ¡Quizá lo acabas de comprar! ¡O quizá la señora Johnson te lo ha dado sólo a ti! ¡Necesitas un escarmiento! ¡Un engendro humano, eso es lo que eres!

Y como si estuviera echando a un gato, salió al vestíbulo con el pequeño Tom suspendido en las alturas y con un último y salvaje zarandeo, lo llevó hasta el borde y lo dejó caer en el barro desde los dos metros y medio de altura que había.

El pequeño Tom se quedó atónito. Oía la voz de Schmidt muy lejana, instándole a que se preparara para otro escarmiento si no se daba media vuelta la próxima vez que se le ocurriera ir hasta su vagón.

Vio la silueta borrosa de Schmidt sobre la plataforma de su vagón como un marinero ahogándose podría haber visto al Coloso de Rodas. Salió a duras penas del barro, muy aturdido. El hombro le ardía y apenas podía sostener el poco peso de su cuerpo con el tobillo torcido. Se le encendió la rabia y se propagó como el puntito de fuego que devora una mecha. Una mecha que iba a arder semanas enteras antes de llegar a la dinamita.

—¡Si tengo que ser enano un solo minuto más —gritó el pequeño Tom—, me... me agrandaré yo mismo con un tensor!

Y parecía muy desesperado, francamente, sentado en su pista, al calor de la carpa que acababa de vaciarse. No muy lejos de ahí, la banda del circo anunciaba con entusiasmo la inminente entrada de Gordon: «El mejoooor domadoooorrrr de animales salvajes del mundo, con su hazaña suicida de marrrcar el paso de veinte ferrroces tigrrres de Bengala y veinte leones caníbales, todos a la vez y al mismo rrritmo. Damas y caballerrros».

El pequeño Tom se estremeció al oír la lejana arenga. ¡Cómo odiaba a esos felinos!

Maizie estaba guardando toda su parafernalia y parecía triste. Era sólo un poco más alta que el pequeño Tom y aquellas recriminaciones contra los de su condición la condenaban de algún modo a ella. Por otra parte, también era apuesto y tenía ingenio, y por diminuto que fuera no había en todo el campamento gitano mejor animador que él.

♦ YO EN TU LUGAR ♦

—¡Estoy harto! —dijo el pequeño Tom con más énfasis aún.
—¿Pero por qué? —dijo Maizie mientras cerraba la tapa del pequeño baúl y preparaba las cosas para la próxima función—. Eres un genio, Tommy. De todas las pistas secundarias, la nuestra es la más solicitada. Tú sabes cómo entretenerlos…
—¡Entretenerlos! —gritó Tommy, alzando de golpe sus ochenta centímetros de estatura—. ¿Y quién quiere entretenerlos? ¿Quién quiere estar aquí día tras día, en este escenario atiborrado de personas curioseándolo todo, riendo tontamente, sudando y diciendo: ¡Mira qué monada, Joe! ¡Ay, Marta, ella sí que es una delicia!? ¿Sabes por qué les hacemos tanta gracia? Yo te lo digo: ¡Porque somos unos monstruos! No es porque somos buenos, ni por el espectáculo que les ofrezco. Es porque soy un monstruo ¿lo entiendes? ¡Un *monstruo*!

Se le pasó el arrebato y se arrellanó en la sillita. Algunas de las otras atracciones miraron hacia él desde sus lejanos entarimados. Maizie le dio una palmadita en el hombro para consolarlo.

—Tommy, es mejor ser una estrella del mundo de los enanos que una persona grande pero fracasada.

—¡Mentira! Preferiría cavar zanjas con tal de poder mirar a los ojos de los demás de tú a tú, en lugar de contemplar sus espinillas.

—¡Pero Tommy, eso es absurdo! Por mucho que lo desees, nunca se hará realidad. Eres enano, y muy apuesto, por cierto, además eres artista…

—¿Y cómo sé yo que soy artista? Por más empeño que le ponga, no lo sabré nunca. Soy una «monada», una «delicia», y… ¡Bah!

—Tommy, si quieres dejar el espectáculo...
—¡No! ¿Quién habla de dejar el espectáculo? Me conozco este trabajo. ¡Y a mí no me echan ni todos los Schmidt de este mundo juntos!
—¿Te ha hecho algo últimamente? —le preguntó Maizie.
—¿Ese? No es lo que hace, es lo que no hace. ¡Ahí lo tienes, el maestro de ceremonias! ¿Acaso crees que algún día se va a fijar en un enano? Ni sé las veces que le he pedido un espacio en la gran carpa, pero siempre me ha echado de ahí con malos modos, una y otra vez. Si fuera una persona grande...—apretó los puños con amargura—. Se cree que es buen animador. ¡Te aseguro que a pesar del vozarrón que tiene, yo no tardo ni diez minutos en ponerlo en ridículo en su propia pista! Un día...un día voy a ir a buscar a la jefa y le voy a decir: «Señora Johnson, quiero ser su maestro de ceremonias».
—¡Con esas estamos otra vez! —dijo Maizie—. Tommy, tú sabes que eso nunca va a ocurrir.
—¿Por qué no? —dijo Tommy con cierto misterio—. El maestro de ceremonias es quien dirige el espectáculo y yo estoy harto de ser un monstruo. ¡Espera y verás, Maizie! ¡Un día de éstos seré yo el maestro de ceremonias!
—Tommy...
—¿Qué pasa ahora?
—Tommy, no habrás vuelto a leer esos libros, ¿no?
—¿Qué libros?
—Tommy, no te pongas así conmigo. Cuando el Maestro te dejó los baúles no es porque te quisiera más que antes de hacerlo.

—¿Y qué? ¿Acaso no puede un moribundo arrepentirse en su lecho de muerte?
—Sí Tommy... pero ¿cómo sabes que se arrepintió?
—Mira, dejémoslo.
—Él te odiaba, Tommy. Cuando imitabas su lectura de manos yo veía cómo te miraba. No le hacía ninguna gracia. Es posible que a los otros participantes no les importe que parodies sus números, pero al Maestro siempre le importó.
—¡Ya vuelves a fantasear! ¿Me dejó sus baúles, o no me los dejó?
—Hay una cosa que se llama venganza después de la muerte, Tommy.
—Cierto, pero todavía no me he topado con su fantasma.
—No hablo de fantasmas, Tommy. ¡Son esos libros!

Bien entrada la noche, Maizie seguía despierta aunque a simple vista parecía sumida en un sueño profundo, metida en la cama del oscuro compartimento, observando con temor a Tommy, el rey de los animadores enanos que rechazaba su corona, sentado como un gnomo frente al tocador, rodeado de un revoltijo de libros ajados y pesados cuyas páginas de pergamino parecían pieles de momia en la penumbra. Tanto pesaba el libro que estaba estudiando que lo tuvo que apoyar contra unas latas de maquillaje teatral para que no se le cansaran los brazos.

Maizie quería llorar con todas sus fuerzas, gritar, suplicarle y decirle cuánto significaba para ella, pero permanecía echada como una auténtica muñeca, una muñeca guardada y olvidada por una niña descuidada.

Llevaba con él cinco años en esa farándula y todos los días descubría algo nuevo. El mundo oprimía a Tommy con tal vehemencia, y su cuerpo diminuto era tan frágil y su espíritu tan inmenso que ella lo habría dado todo por ser una persona grande y poder defenderlo.

Al pequeño Tom lo consideraban un as en el mundo de los superlativos polisílabos y la farándula. Se había hecho célebre en su papel de Polichinela enano y audaz que se burla de todos. Nadie sabía que aquella pulcra y diminuta edición de bolsillo no anhelaba otra cosa que mantener su nombre bien visible en los carteles. De haberlo sabido, con toda probabilidad se habrían reído de él. Y no digamos las carcajadas que habrían soltado ante su ambición de ser maestro de ceremonias. Sólo Maizie lo sabía. Sólo ella lo había visto restallar el látigo largo alrededor de sus botitas negras para marcar el paso de los caballos imaginarios de los artistas en una carpa vacía. Y Maizie… las cosas no andaban bien con Tommy y por tanto ella tampoco estaba bien.

Uno de los felinos rugía con desagrado en algún lugar del tren y Maizie vio la inquieta agitación que le provocaba al pequeño Tom. ¡Cómo odiaba a esos animales tremebundos desde la fuga de Kansas City, cuando a punto estuvo de matarlo un león! Al ver cómo él se estremecía al oírlo, le dieron ganas de ir a amordazar al animal si con eso lograba que Tommy se tranquilizara un poco.

¿Qué investigaba en aquellos tomos? El peligro de un felino no era nada comparado al conocimiento que devoraba con tanta avidez.

Todos sabían que el Maestro era un inadaptado, y más de uno respiró con alivio cuando al fin se marchó a lo que él llamaba un reino radiante de felicidad. Pero más allá de dónde hubiera ido a parar, lo cierto era que había dejado muy malos recuerdos tras de sí. Había sido un ave de mal agüero, un cadáver sin sepultura, un hombre cuyos ojos relucían con los infortunios. Vivía de la mala suerte, ofrecía premoniciones siniestras a los serviles clientes y no había tenido una vida fácil. Fue mucho más que un simple quiromántico en una pista secundaria. Y cuando a Tommy, siempre imparcial, le dio por imitar y parodiar al Maestro, Maizie supo que algún día pagaría por humillar su orgullo malicioso. La interpretación de Tommy había resultado muy cómica, pero ahora…

¿Por qué le había dejado el Maestro esos libros, toda su biblioteca, a Tommy precisamente?

El felino rugió más fuerte y Tommy se levantó de un salto y se afanó en cerrar la ventana con impaciencia. Fue entonces cuando advirtió que Maizie no estaba dormida.

—¿Te pasa algo? —le preguntó Tommy.

Ella se dio cuenta de lo abstraído que estaba.

—No, nada.

—Te sientes bien, ¿no?

—¡Claro que sí!

Tommy la besó sin más y volvió a su libro. Maizie observó lo animado que estaba y el entusiasmo que iba acumulando en su pequeño cuerpo, tanto que apenas alcanzaba a contenerlo.

Y cuando se dio la vuelta se le iluminó el rostro y gritó.

—¡Maizie, ya lo tengo!

—¿El qué, Tommy? —contestó con toda la alegría que pudo. No pudo hacer otra cosa para reprimir un sollozo desesperado.

—¡La solución! Hoy dije que no iba a ser enano nunca más. ¡Y no lo seré! ¡Mañana... mañana seré el maestro de ceremonias del circo!

La inquietud de Maizie era real, pero la ocultó.

—¿Cómo…? ¿De qué hablas, Tommy?

—¡Mira, aquí está! ¡Aquí está todo! Es un tratado sobre la transmigración del alma. ¿No lo entiendes? Cuando uno la palma, entra en otro cuerpo, ¿te das cuenta? Es increíble que no lo haya descubierto antes. Estaba todo marcado, hasta había un papelito entre las páginas. Bueno, quizá el Maestro no era tan mala persona a fin de cuentas, ¿no? Cuando me dejó todo esto me explicó que había marcado un fragmento especial para mí, debe de ser éste.

—¡Ay, Tommy! —dijo en voz baja—. ¿Estás seguro de que no quiere decir…?

Pero la voz excitada de Tommy era imparable y su poco más de medio metro parecía haberse duplicado.

—Aquí dice que si se puede lograr la transmigración del alma después de la muerte, es lógico concluir que también se puede hacer en vida. Dice que la única parte vital y racional del hombre es la energía de su alma y que se puede proyectar de un cuerpo a otro. ¡Maizie, imagínate lo que esto significa!

Ella se animó porque no parecía que tuviera nada en firme, pero Tommy borró de un plumazo sus vagas esperanzas.

—¡Y aquí dice cómo se hace! ¡Es muy sencillo! Lo único que hay que hacer es saltarse un par de comidas, digamos el desayuno y el almuerzo, y empezar a concentrarse en el sujeto al que deseas transferirte. ¡Imagínatelo, Maizie! ¡Dejas tu cuerpo y te conviertes en otra persona! ¡Te olvidas de todo lo que has hecho mal, de todos los errores que has cometido y empiezas de nuevo con un aspecto distinto!

—¿Y qué... qué le pasa a la otra persona?

Pero desestimó también esta pregunta.

—Bueno, como es lógico, se verá obligado a ocupar el cuerpo que tú has dejado, le guste o no... de lo contrario, morirá.

—¡Tommy... eso es muy peligroso!

No pudo decir nada más porque las posibilidades que sugería aquella terrible idea la abrumaban.

—¡Y es muy fácil! Aquí dice que un hombre se puede convertir en cualquier cosa que percibe, aunque sólo sea un brevísimo instante. Si te fijas en el héroe de un relato, tú eres ese héroe durante el transcurso de la historia. Adoptas sus gestos y su forma de hablar. Pero como no es más que el héroe de un relato, no puede responder a esa concentración. Dice que todos los hombres, cuando hablan entre ellos, están demasiado pendientes de las palabras y los actos de los otros, y son excesivamente conscientes de sí mismos para lograr esta proeza. Sin embargo, si uno rechaza la idea de la posible amenaza que nos supone el ego del otro, entonces resulta muy sencillo asimilar por completo a la otra persona y proyectarse en ella.

—¡Imagínatelo, Maizie, imagínate si necesitara dinero!

—¡Tommy, Tommy, eso es una locura! ¡No va a funcionar!

—Mira Maizie. No he comido desde el mediodía, y ya es casi medianoche...

—¿Qué vas a hacer?
—Mírame, Maizie.
—¡No!
—¿Me quieres, Maizie?
—¡Ay, Tommy...!
Maizie sintió un raro escalofrío, una sensación como si se hubiera elevado casi un metro por encima de ella misma y se encontrara suspendida en el aire, sobre su cuerpo. Pero al instante volvió a estar en la cama.
—Se necesita práctica —dijo Tommy con gotas de sudor en la frente—. ¡Mírame, Maizie!
—¡Por favor, Tommy! ¡Por el amor de Dios, nuestro creador...!
Y volvió a sentir el escalofrío, esa sensación de elevación. Le dio pánico quedarse ciega y sorda.
Pero pronto volvió a ver un poco y oyó al felino gruñir en la distancia. Se sobresaltó al advertir que no estaba contemplando el tocador desde la cama, sino la cama desde el tocador. Aquel libro voluminoso que sostenía en la mano le pesaba. La cortina de la cama se movía, como si la agitara una brisa suave.
¡Vio a «Maizie» sentada en la cama!
Se miró atónita, observó el cuerpo que ahora habitaba sin dar crédito a los pantalones que llevaba con un cinturón apretado, ni a la corbata o al cuello de la camisa que la sofocaban. ¡Se dio la vuelta a toda prisa para mirarse en el espejo y retrocedió atemorizada al ver la imagen de Tommy!
Tommy se estremeció hasta el último resquicio de su conciencia. Estaba apoyado en un codo, miraba con incredulidad

el camisón que estaba agarrando. Volvió en sí y se llevó la mano a la cabeza a toda prisa: unos rizos largos y dorados...

Se miraron el uno al otro, luego se quedaron paralizados y en silencio, atónitos. Así transcurrieron unos minutos hasta que Tommy se rió con voz trémula.

—Lo ves... funciona.

—Pero... pero Tommy... ¿y ahora cómo volvemos?

Pero Tommy se sentía triunfante y cada vez más audaz.

—¿Y por qué habríamos de hacerlo? —bromeó.

—¡Es... es horrible, Tommy!

Le estaba resultando muy difícil controlar las lágrimas.

—¡Deshaz este... este horrible maleficio! ¡Por favor, Tommy!

A Maizie se le nubló la vista debido al anhelo de volver a su propio ser. Hubo un torbellino en torno a ella y por un momento se quedó ciega e insensible, después se puso a temblar, ya con su propia identidad. Estaba en medio del compartimento, mirando de nuevo a Tommy.

De pronto se tiró a sus pies tratando de buscar la manera de decirle que aquello no les traería más que desgracias.

Tal era el entusiasmo de Tommy que apenas se percató de ella.

—Así que estas son las palabras que hay que pensar. ¡Las palabras que figuran aquí! ¡Se acabaron los años de amargura! ¡Ya no tendré que apartarme rápidamente del camino de las personas grandes, ni mirarles a las espinillas! ¡Los miraré de tú a tú, Maizie! ¡Y mañana —bajó el tono de voz hasta que no era más que un susurro— mañana seré maestro de ceremonias!

Hermann Schmidt se levantó y se vistió con esmero, como solía hacer. Sus botas estaban tan pulidas que parecían espejos negros; el fular tan almidonado que parecía blindado; el chaleco tan cepillado que parecía sangre recién derramada. Se puso el frac a la perfección sobre los hombros fornidos, luego se pasó revista en el espejo y se calzó el sombrero de copa reluciente en su frente ancha. Escogió una fusta del estante, echó un vistazo al reloj y recorrió los vagones tranquilamente hasta llegar al vagón restaurante. Según avanzaba, todos, fueran peones o trapecistas, lo saludaban con una reverencia y él correspondía asintiendo con la cabeza en un gesto altanero que denotaba cierto grado de duda, como si no estuviera muy seguro de que existieran.

Así era un día normal de función para él. Poderoso y avasallador, un coloso en cuanto a estatura y poder, no era de extrañar que la suerte del espectáculo estuviera en sus manos. ¿Quién podía dudar de su habilidad al contemplar semejante estampa?

No recordaba ningún momento de su vida en que él no hubiera sido importante. De pequeño fue el niño mimado de su padre, que había sido maestro de ceremonias en el viejo continente. ¿Y por qué no iba a ser importante, si no había nada en el mundo circense que no conociera?

Puso fin a su particular desfile matinal frente al mantel blanco de la mesa de desayuno, donde estaba extendido el periódico matutino del lugar. Despreció aquella prensa pueblerina y se sentó a mirar por la ventana del vagón a los habitantes menos afortunados del circo, que se dirigían con paso cansino hacia la cocina del campamento, vestidos para el desfile inaugural de las diez de la mañana. A lo lejos estaban afinando un calíope y más cerca, el encargado de los elefantes intentaba meter a los animales en un vagón lleno de lodo, todo ello con un griterío infernal y mucho bramido. Era una escena de lo más relajante y Schmidt suspiró con desahogo.

Un hombre servil le puso debajo de las narices un pequeño churrasco con patatas fritas y Schmidt, tenedor y cuchillo en mano, se preparó para atacar.

Acto seguido se percató de que alguien se había deslizado en el asiento de enfrente. Sabía quién era y evitó alterarse. Miró con pesar la vajilla de plata que reflejaba un rostro absolutamente distorsionado. Era un rostro cetrino, arrugado y envejecido y Schmidt se estremeció al ver la expresión de aquellos ojos. Aunque estaba seguro de casi todo, no sabía si iba a poder seguir evitando indefinidamente la necesidad de fijar la fecha de su boda.

—Buenos días, Señora Johnson —dijo con una pequeña reverencia.

—¿Qué tal estás, mi amor? —respondió con una sonrisa trémula.

—Muy bien, Señora Johnson.

—Hermann —alargó la mano avejentada y le acarició el dorso de la de él—, ¿por qué tenemos que actuar con tanta formalidad? Al fin y al cabo, estamos prometidos.

—Perdóname, tesoro mío —dijo— pero es que he estado tan enfrascado en ciertos asuntos...

Tuvo una idea:

—No debemos pensar en nuestros asuntos personales hasta que el balance general no dé beneficios. Te prometo que no me casaré hasta que pueda demostrar mi valía.

—Pero si el negocio va muy bien...

—Los precios de todo han subido mucho —argumentó—. Sólo los gastos de alimentación bastarían para arruinarnos. Las licencias se han duplicado, por no hablar de los impuestos de las ventas y todo lo demás. ¡Ay, querida mía, las cosas no van tan bien! Pero yo... reitero mi promesa: antes de ser marido y mujer lograré obtener beneficios.

—Ay, Hermann... cuánta nobleza hay en tu alma.

Hermann esbozó una sonrisa forzada y siguió comiéndose el filete. En sus años mozos había sido una mujer hermosa, pensó. Lástima que no lograra impedir que los años se le echaran encima. Era muy activa, hasta decían que superaba a todos los malabaristas a caballo del circo, pero eso a él le traía sin cuidado. Por un instante maldijo el momento en que se le ocurrió proponerle matrimonio, pero bueno... aún podría demorarlo un poco más, con habilidad. Y cuando llegara el día fatal, le dejaría una nota y se iría. ¡Cómo sufriría cuando la leyera! Aquello era su único consuelo cuando pensaba en esa asociación tan repulsiva.

Le dio unos golpecitos en la mano con un cariño hipócrita y se puso de pie.

—No te preocupes, querida. Déjalo en mis manos y ya verás como al final obtenemos beneficios.

—Hermann, si no te tuviera a ti...

Se apresuró a salir del vagón a la luz matinal. Se detuvo un momento, se colocó la capa con majestuosidad y se dirigió a grandes pasos hacia el campamento, atravesando montones de bártulos por el camino. La cola del desfile iba por delante, entrando ya en la calle al son del calíope y el chacoloteo de los cascos de los caballos. En el campamento no quedaba nadie, salvo los peones, los curiosos del pueblo, algunos pregoneros y los encargados de las fieras. Todos ellos lo saludaban con la cabeza cortésmente, pero Schmidt consideraba que no eran dignos de su atención y pasó de largo.

Como si fuera un rey entrando en su palacio, se subió al vagón que en otras circunstancias sería la oficina del director pero que sólo él utilizaba. Se arrellanó en una silla del escritorio, abrió la caja fuerte y sacó los libros.

Pasó la media hora siguiente haciendo que el arte de los ilusionistas del escapismo pareciera una burda tarea en comparación, una fría sonrisa de altiva satisfacción le iluminaba el rostro según trabajaba. Oyó que alguien llamaba a la puerta y se le desvaneció la sonrisa. Metió los libros en la caja fuerte a todo correr y la cerró de un portazo.

Al oír su permiso, entró una muchacha muy tímida y hermosa. Era de ojos grandes y tiernos, con rizos largos y rubios. La belleza de su físico ocultaba la fortaleza que le había dado el entrenamiento físico.

—¡Betty! —exclamó, y sacó una silla.

—No he venido a... a sentarme—, respondió.

Así y todo la convenció de que se sentara. Con resentimiento pero asustada, se sentó en el borde de la silla y se quedó mirándolo.

La voz de él tenía un tono triunfal.

—Sabía que tarde o temprano vendrías por tu propia voluntad. A fin de cuentas, no parece muy adecuado que sea yo el que siempre organice nuestros encuentros.

—He venido —dijo muy tensa—, para decirte que... que tu plan es descabellado y no podemos seguir adelante.

—¡Tonterías! Eso es porque piensas demasiado. ¿Acaso no nos queremos? No podemos...

—¡No! —gritó—. No digas eso, Hermann. No tienes derecho. Yo nunca te he dicho que te quería.

—Basta con que te quiera yo —sonrió—. Y mis planes son tus planes. Dejaremos el circo muy pronto. Te divorciarás de Gordon y te casarás conmigo. Seremos ricos y tú serás más famosa de lo que nunca has soñado.

—Eso es una locura —dijo Betty, intentando resistir la arremetida de aquel carácter—. He tratado de pensar en todo esto con claridad. Y... aún amo a Gordon, Hermann. Puede que sea bruto y olvidadizo...

—Hubo un tiempo —dijo Hermann—, en el que los dos tenían números de muy poca importancia.

—De eso hace mucho. He trabajado a conciencia para ser una experta. ¡Soy una de tus estrellas! ¡Y me esfuerzo mucho!

—Cierto, tuvistes la suerte de que Gillman se matara. Está claro que si insistes en que no te irás conmigo, siempre puedes irte con Gordon, por supuesto. Pero los felinos se quedan conmigo, por la cuestión de los gastos de alimentación. Además hay muchos equilibristas dispuestos a actuar. Aquí mismo tengo un telegrama —fingió buscarlo— de Thomas y Maletto. Me preguntan si los puedo meter en la función. Tienen un número en la cuerda floja...

—¡Adelante, contrátalos! —gritó—. Yo no puedo seguir así, Hermann. Devuélvenos los contratos...

Hermann soltó una carcajada.

—¡Yo los saqué del lodo a los dos y les enseñé todo lo que saben… y todo para que ahora me hables de ese modo! Pero te olvidas de un detalle. Jerry Gordon sólo es feliz cuando juega con sus queridos felinos. Ya estuvo una vez arruinado. Y tú sabes lo que hizo. Te culpó a ti de todo y se bebió todo el alcohol que había a su alcance. Y te habría maltratado hasta matarte si no fuera porque yo los saqué del abismo para convertirlos en estrellas, él con sus felinos y tú en la cuerda floja.

—No… no quiso portarse mal conmigo. Es un buen hombre, Hermann. Pelea en la pista con cuarenta felinos a la vez y eso no lo hace nadie en ningún circo. Y yo actúo en la cuerda floja sin red, y el público…

—Sin mi aprobación, Gordon y tú no son nadie. Sin su número caerá aún más bajo de lo que estaba cuando yo los recogí y los convertí en estrellas. Acabaría matándose, Betty, y tú también.

—¡Pero me ama, Hermann! ¡Lo pasado, pasado está! Es absurdo pensar en fugarme contigo y divorciarme. ¡Una locura!

—Pese a lo cual, si no lo haces —dijo Hermann con una sonrisa—, te arrepentirás.

La tensión de resistirse tanto tiempo a la voluntad de él acabó quebrando la suya. Comenzó a llorar en silencio con amargura, y cuando él le rodeó al fin la cara con las manos y le dijo «no dudo que al final vendrás conmigo, ¿no?» ya sólo pudo asentir con la cabeza, presa del cansancio.

Cuando salió del vagón después de que ella se hubiera ido, Hermann Schmidt era lo más parecido a un domador de leones. Como un semidiós distante, seguro en su reino, orgulloso de sus destrezas y su astucia, pasó por delante de la pista secundaria... sin detenerse a ver al enano que allí estaba, al parecer esperando a alguien.

El pequeño Tom rebosaba de entusiasmo, tanto que casi no podía respirar. Para él, Schmidt era un brobdingnagnense, Zeus y el Coloso de Rodas, todos en una sola persona y cuando, en aquel soplo previo al minuto cero, contempló lo que estaba a punto de hacer se quedó atónito ante su propia temeridad.

Estaba seguro de que Schmidt estaba enterado de todo y se disponía a estrellarle la fusta en su pequeña cabeza, porque lo vio venir como si avanzara en el carro de Juggernaut, gigantesco e imparable, la ciencia de la magia negra en sentido contrario.

Pero tal era la fascinación de Tom desde que concibió su plan audaz que cuando a veces le asaltaban dudas pasajeras quedaban rápidamente ahogadas en un torrente de entusiasmo.

Debía cronometrarlo con precisión milimétrica. No podía olvidarse de las palabras que tenía grabadas en el cerebro.

Buscó ansioso la mirada de Schmidt.

Orgulloso a más no poder tanto de su altura como de su porte, Schmidt era incapaz de advertir ni la mirada más fugaz de un enano. Pero los ojos son traicioneros y perciben todo lo que se mueve o reluce, y Tom, como último recurso, se había armado de un pequeño látigo plateado. Lo chasqueó con furia en el aire y Schmidt desvió la mirada hacia él, asqueándose a continuación ante la imagen del enano.

Para el peón del circo que estaba lánguidamente junto

a ellos, lo que siguió no tuvo nada de particular, nada que despertara recelo, pues Schmidt no hizo sino quedarse donde estaba y adoptar un aire como de ofendido, lo que no era infrecuente. El pequeño Tom parecía querer decirle algo al maestro de ceremonias. Pero lo cierto es que no cruzaron palabra. El enano movió la boca como si estuviera hablando para sus adentros y Schmidt lo miró con ojos desorbitados, sin dar crédito a su desfachatez. Justo después se quedó perplejo. Eso fue lo único que notó el peón. Para todo el personal circense, Schmidt siempre transmitía severidad. Pero un instante después —algo más tranquilo, o eso parecía— descendió la mirada para regodearse con su atuendo. El pequeño Tom también parecía perturbado con su propia indumentaria. Acto seguido Schmidt siguió su camino con paso resuelto y decidido, columpiando su látigo con renovada pomposidad. El enano quiso correr tras él, pero al advertir la presencia del peón se metió sorprendido en la penumbra de la desierta carpa secundaria...

Cuando se le pasó la conmoción del primer momento, el pequeño Tom se sentía como una habichuela en un bombo. Cada vez que daba un paso avanzaba unas cuatro veces más de lo que esperaba, cosa que le hizo tropezar con un tirante y casi perder su dignidad en el regazo de Matilda, la mujer más gorda del mundo. Se inclinó a duras penas para saludarla y, con otro error de cálculo, a punto estuvo de romperse la crisma contra el lateral del vagón, tal fue su confusión en la distancia que había calculado.

Se fue avergonzado. Llevaba años viendo a Matilda a diario, y ella siempre le había reservado una gran sonrisa y quizá unas galletas, un poco como si lo tomara por un niño travieso. Y aunque a él nunca le gustó que lo tomaran por niño, nunca dejó de disfrutar ni de las galletas ni de la sonrisa. Pero en aquel momento Matilda estaba seria y asustada, y no había cruzado palabra.

Al pequeño Tom le resultó incómodo sentirse, de pronto, fuera de la órbita de su afabilidad. Y cuando se puso a pensar en ello, llegó a la conclusión de que nadie era desagradable con él, que nunca habían sido verdaderamente desagradables con el pequeño Tom.

Para bien o para mal, lo cierto es que ya no era el pequeño Tom. Era Hermann Schmidt, el más grande maestro de ceremonias del mundo entero, dueño y señor del circo *Johnson Super Shows*. ¡Y si subestimaba la longitud de sus pasos, o se chocaba el sombrero contra objetos que siempre había considerado muy por encima de él, ya se acostumbraría! ¿Y Schmidt, qué? Tommy siempre había sentido una envidia malsana por su cargo tan importante. ¡Ahora le tocaba a él descubrir cómo era el mundo a ojos de un enano y enmendar sus modales!

Tras el consabido desfile inaugural por el pueblo, anunciando la función, los artistas volvieron sudorosos, de mal humor y con hambre, deseando descansar un poco antes de la función de la tarde.

En la entrada de la gran carpa, Tommy —con la identidad de Schmidt— los vio pasar. Como sabía que Schmidt siempre lo hacía, adoptó un aire crítico y muy de vez en cuando se inclinaba levemente para saludar a alguno. Tommy advirtió, con estupor, que ninguno hacía el menor esfuerzo por fijarse en él, y cuando lo hacían se les torcía el gesto.

Al ex enano le perturbaba sobremanera que le pusieran mala cara, en todos sus años circenses nunca habían dejado de saludarlo con una sonrisa.

Bueno, siempre hay que sacrificar algo por un buen cargo, ¿no?

Pero advirtió un vacío en su alma, un temor cada vez más acusado de que quizá el mundo sospechaba algo.

¿Habría hablado Maizie?

¿Se habría jactado de ello el Maestro antes de morir?

No, esos gestos de pocos amigos no eran admonitorios. La gente pensaba que estaba viendo a Schmidt, el maestro de ceremonias. Lo miraban mal porque estaban cansados, así de sencillo.

Jerry Gordon, subido a un vagón con el Viejo Bab, su león preferido, se quitó el sombrero que lo protegía del sol y cuando se disponía a limpiarle la banda advirtió la presencia de Schmidt. Arrugó la frente con más brío y Tommy percibió tanto recelo en su expresión que hasta se asustó. Gordon siempre había sido amigo del enano, a pesar de lo mucho que Tommy detestaba a los felinos. La pregunta que se hacía era: ¿Qué sabía Gordon? ¿Por qué dejó de limpiar el sombrero y arrugó tanto la frente que hasta se olvidó de lo que hacían sus manos?

Tommy habría preferido ir a parar a cualquier otro cuerpo menos a ese. Sentía que aquellas personas miraban a Schmidt, el cuerpo de Schmidt, pero que en realidad veían al pequeño Tom y estaban más que dispuestas a lanzarse en masa sobre él y comérselo vivo.

Betty, artista de la cuerda floja, le dirigió una extraña mirada al pasar por delante de él encaramada a la silla de un elefante. Había en su expresión un indicio de advertencia, aunque reacio. Y el pequeño Tom, que siempre había respetado y adorado en secreto tanto a la chica como sus habilidades, percibió también cierto desagrado en sus ojos. Era evidente que estaba intentando trasmitirle un mensaje, y un mensaje inquietante, por si fuera poco.

Para el ex enano todo era un rompecabezas pero, sobrestimado su papel para compensar, volvió a descubrir su tamaño y su aspecto y cobró ánimos.

¡Qué demonios! ¿Acaso no era Schmidt, el gran Schmidt, maestro de ceremonias del circo *Johnson Super Shows*? ¡Sí! ¡Ya no era un enano a quien cualquiera podía pisotear sino una persona grande, y uno de los más grandes maestros de ceremonias del mundo! Tenían miedo de Schmidt, eso era lo que pasaba. ¡Schmidt era su maestro y ahora... ahora, qué! ¿Acaso él no era Schmidt?

Al otro lado de la pista oyó una voz que lo llamaba con dulzura.

—¡Hermann!

Tuvo que llamarlo repetidas veces porque todavía no estaba acostumbrado al nombre. Finalmente advirtió que era él a quien llamaban y se dio la vuelta imitando el aire reservado de Schmidt.

· YO EN TU LUGAR ·

La señora Johnson era dada a reírle las bromas al pequeño Tom, pero en aquel momento, cuando la vio mirándolo de un modo tan diferente tuvo que recobrar la compostura a toda prisa para no sobresaltarse. Todavía no había tenido que hablar con nadie y le atemorizaba la idea de hacerlo por si su voz, de algún modo liliputiense, lo traicionaba. Con cierto aire de culpabilidad, absolutamente ajena al verdadero Schmidt, se acercó a ella.

Su consternación fue en aumento cuando advirtió que era él quien debía de comenzar el diálogo. Intentó tranquilizarse y se retorció el bigote como había visto hacer a Schmidt tantas veces, alzando la vista al cielo.

—Creo que hoy vamos a tener un buen público —dijo con aire juicioso.

—Hermann...

Tommy se asustó.

—Y los números de todos los artistas están muy ensayados. Si todas las funciones que hiciéramos fuesen tan prometedoras como ésta, nos haríamos ricos en muy poco tiempo.

Hubo un cambio en el avejentado semblante de la mujer y él lo agradeció.

—Así han estado las cosas toda la temporada y en todo caso somos cada vez más pobres. ¿Tienes alguna buena noticia de algún tipo?

—Ah... bueno... eso nunca se sabe —dijo vagamente.

—¡Te estás guardando algo! —exclamó la señora Johnson con aire coquetón, como acusándolo de estar tomándole el pelo.

Tommy lamentaba haber sacado ese tema.

—No. En serio, no me refería a nada en particular. Sólo he dicho que me parece que va a ser un buen día, eso es todo. Creo que... —añadió radiante— creo que lo mejor será que me acerque a la carpa grande para asegurarme de que todo marcha como corresponde.

La señora Johnson parecía sorprendida, pero él se alejó tan rápido que no lo pudo retener.

—Mmm —dijo la señora Johnson con recelo.

Tommy estaba intranquilo. Se pasó la mano sudorosa por la insólita espesura de su rostro. Buscó el refugio de un puesto de aperitivos y se sentó en una caja para reponerse. Lo que estaba empezando a descubrir sobre Hermann Schmidt no era en absoluto tranquilizador y aunque comenzaba a lamentar el intercambio, la idea de ser maestro de ceremonias lo seducía demasiado como para no intentarlo hasta el final. Al fin y al cabo se trataba de aguantar hasta el momento de restallar el látigo en el número central, después dejaría que el destino siguiera su curso.

La hora del almuerzo había robado momentáneamente a todos los presentes de la pista, de modo que siguió sentado, a la espera de que sucediera algo. Se entretuvo pensando en el hecho de que los empleados estuvieran cada vez más delgados. Eso sí que era una noticia, puesto que los sueldos se pagaban con regularidad. Acto seguido le divirtió pensar que él, Schmidt, era el que más sabía de tales cuestiones.

En aquel momento la pista comenzó a llenarse de nuevo y, con la sensación de que todo el mundo lo miraba, se alejó lentamente sin saber bien a dónde ir hasta que se le ocurrió que el vagón blanco, a fin de cuentas, ahora era el suyo. Sin embargo, sus pocos minutos de descanso no pasaron desapercibidos y al poco tiempo estaba rodeado de hombres con problemas que solucionar.

Aunque se sabía al dedillo la rutina de la arena, le puso nervioso que lo llamaran para tomar tantas decisiones a la vez. Joe Middler se estaba quedando con demasiada parte del «pastel». Su cómplice y señuelo no lograba hacerse con una buena «pastizara». La ópera de los cachorros se había quedado sin su estrella canina, que se había acercado demasiado a la jaula de una hiena y, o había un chucho de más o una hiena muerta. El soborno que había que pagar para el puesto de refrescos era demasiado alto, y si el John Law se oponía a esquilmar a los lugareños, ¿qué podía hacer uno, más que poner el grito en cielo? Uno de los contorsionistas se había torcido la muñeca, además creía que de todos modos Bill la tenía tomada con él desde que esa dama de San Luis había demostrado tener buen juicio, ¡y él no tenía la menor intención de romperse el cuello por ninguna dama estúpida!

Tommy administró justicia lo mejor que pudo y rechazó dos sobornos clarísimos relacionados con una decisión, para asombro absoluto de los pretendidos sobornadores.

Cuando las cosas se asentaron al fin y la casa estaba en orden comenzó a sonar la música circense y el recinto se llenó de lugareños. Los pregoneros hacían payasadas con el «pasen y vean» ante lo que parecía ser una numerosa concurrencia. La gente de aquí y allá se arremolinaba junto a la carpa y, en su conjunto, era un día circense de sol y calor, polvo y sudor, con el vocerío de los charlatanes de feria mezclada con el calíope chillón y la banda de música, y el murmullo constante de los agradecidos asistentes, palurdos todos ellos, con un trasfondo de gruñidos de león y ruedas desvencijadas.

Tommy se sintió mejor. Estaba en su salsa y, además, ahora era el rey de aquella salsa, ni más ni menos. Tan fascinado estaba con la idea de chasquear al fin el látigo en la pista para admiración de todos los presentes que se olvidó por completo de pensar en lo que ocurría con él, antes Tommy y ahora Hermann Schmidt... al menos en carne y hueso.

Pero Schmidt no había olvidado nada, ni siquiera la desgarradora experiencia de verse repentinamente restallando la fusta y alejándose a pie, dejando atrás a un hombre de poco más de medio metro.

El primer impulso de Schmidt había sido salir corriendo en busca de sí mismo, pidiendo auxilio a gritos. Pero su cabeza fría y racional le había dicho que de hacerlo se pondría en ridículo. Como siempre, había estudiado la situación como si se tratara de un problema abstracto y estaba decidido a resolverlo de la mejor manera posible.

En la polvorienta desolación de la carpa secundaria terminó de asimilar el verdadero alcance de su insólita encrucijada, perturbadora por demás. Había oído hablar de tales cosas en la Selva Negra de su tierra natal pero, que él supiera, no había nunca un buen hado que acudiera de inmediato a resolverlas. Y cuanto más evaluaba su menudez en aquel entorno, más convencido estaba de lo espeluznante que era la coyuntura y la necesidad de hacer algo al respecto.

Schmidt comprendía con toda claridad que aquella situación extraordinaria podía desenmascarar su anterior identidad. Por lo tanto era imperioso hacerse cuanto antes con el preciado alijo que había ido acumulando y eliminar todos los registros y las cartas que ahora descansaban en su caja fuerte. Una vez resuelta la cuestión, estaría menos aprensivo y si era necesario hasta podría apoderarse de algún faro rojo y desaparecer. Aunque no fuera más que un enano, se iría con el dinero y dejaría que el usurpador de su cuerpo verdadero afrontara las consecuencias.

Sólo había un inconveniente que involucraba a la persona que le había robado la identidad, pues sólo ella tenía las llaves del vagón blanco. Con todo, aquella repentina pequeñez no logró socavarle el ánimo. Esperaría al usurpador e intentaría hacerse con las llaves. De no ser posible, llevaría a cabo el resto del plan.

Y así fue que cuando el pequeño Tom dirigió su porte Schmidtiano a los escalones del vagón blanco e introdujo la llave en la cerradura, no fue él el único que entró.

Cuando el enano que entró detrás cerró la puerta de un portazo, Tommy se dio la vuelta de un salto. Por la expresión malévola de Schmidt, supo que iba ocurrir alguna cosa espantosa.

—¡Ahora mismo —dijo Schmidt con su novedosa voz aflautada de enano— vas a poner remedio a esto!

Tommy se olvidó de su estatura momentáneamente. Como buen enano, no se destacaba por su valor en lo que respecta al conflicto físico, pero estaba tan empecinado en dirigir la función, aunque solo fuera una vez, que en aquella ocasión hizo un verdadero alarde de gallardía.

—¿Y por qué voy yo a hacer nada? —dijo al tiempo que chasqueaba el látigo contra sus grandes botas negras y descendía la mirada para observar al enano Schmidt.

—¡Yo no entiendo este juego —gruñó Schmidt—, pero te advierto que no vivirás lo bastante para desenmascararme!

Dicho lo cual, se acercó súbitamente a un cajón y Tommy se vio de pronto frente a una pistola muy grande sostenida por una mano muy firme. Nada más verla se puso muy nervioso. Después dijo:

—Adelante, dispara. Es tu cuerpo, no el mío. Si quieres destrozarlo, a mí no me importa.

La pistola vaciló unos instantes y fue descendiendo, poco a poco. Schmidt comparaba sus respectivas estaturas mientras se devanaba los sesos buscando la manera de burlar a Tommy y vencerlo.

Antes de que Schmidt pudiera reafirmarse, se oyó un golpe seco en la puerta. La primera reacción de Schmidt fue abrirla, luego se detuvo y retrocedió unos pasos. En la absoluta oscuridad del fracaso, sólo se le ocurrió un plan de acción: abrir la caja fuerte y arrebatar las carpetas de documentos. Se llenó los bolsillos de cartas y libretas y se metió en el lavabo a toda prisa.

Los golpes se seguían oyendo con impaciencia y alguien movió el picaporte. Tommy no entendía de qué pretendía huir Schmidt, puesto que en aquel lavabo no había salida. Luego se percató del nerviosismo que transmitían esos golpes.

• YO EN TU LUGAR •

Betty entró en la habitación atropelladamente. El semblante pasaba del rojo encendido a la fría palidez por la intensidad de su emoción. Apoyó la espalda en la puerta cerrada, como si quisiera impedir la entrada de nadie.

—¡Hermann —gritó—, va a venir! ¡Me vio salir de aquí esta mañana y en este momento viene para acá! ¡Va a destrozar el vagón entero!

—¿Quién? —preguntó Tommy sin comprender.

—¡Mi marido! ¡Hermann, por el amor de Dios, no te quedes ahí mirándome! ¡Devuélveme las cartas y déjame salir de aquí! Las cartas, ¿me estás oyendo? ¡Las a va a encontrar él!

Tommy miró atónito a la hermosa chica y después fijó la mirada en la caja fuerte desvalijada. Estaba claro que en el compartimento delantero del vagón tenía Schmidt las epístolas solicitadas. Y como sólo tenía una vaga idea de lo que sucedía, no hizo amago de abrir la puerta del lavabo hasta que ya fue demasiado tarde.

Al vagón entró otra persona.

Como un nubarrón que oscurece la tierra, la señora Johnson ensombreció el vagón. No había apuro en sus movimientos, sólo intención vengadora. Miró a la chica aterrorizada desde los dedos de las pantuflas hasta la punta de su corona de oropel y después, con una mueca de desprecio, miró al hombre a quien tomaba por Schmidt.

—Disculpe si interrumpo su encuentro —dijo la jefa con tono mordaz.

—¡No, no! —gritó Betty—. ¡No lo entiende!

—Me temo que sí, me temo que lo entiendo perfectamente. ¡Esto explica muchas cosas! Al menos aún tengo personas que siguen siendo leales. Cuando me dijeron que habías venido aquí no me lo quise creer. Pero ahora que lo veo con mis propios ojos...

Betty miraba más allá de la mujer mayor con ojos desorbitados. Intentó salir pasando por su lado pero ella se lo impidió con un empujón.

—¡Déjeme salir! —exclamó Betty desencajada—. ¡No lo entiende! ¡Si me ve aquí me mata!

—¡Bien merecido lo tienes! —dijo la señora Johnson—. Y te aseguro que no me lo voy a querer perder. Schmidt, tienes cinco minutos para recoger tus cosas y salir de aquí. Y si alguna vez intentas conseguir trabajo en otro circo verás que todavía inspiro respeto en la profesión, si no el tuyo sí el de otras compañías.

—¡Un momento! —gritó Tommy, sumamente aturdido—. ¿Qué sucede? ¿Qué he hecho yo?

La vieja arpía le enseñó los dientes y hasta le habría respondido con ferocidad de no ser porque la apartaron de un empujón.

Lo único que rompía aquel silencio era la música circense de la gran carpa, donde ya había comenzado el espectáculo. El alegre sonido de los metales estaba muy fuera de lugar en aquel contexto de asesinato.

A Jerry Gordon le palpitaba el pecho bronceado, sus músculos prominentes se tensaban y aflojaban mientras empuñaba la pistola de fogueo con una mano y el látigo con la otra. La mirada de sus ojos era la misma que la de sus felinos poco antes de lanzarse a matar.

Betty se arrojó en sus brazos con un grito agudo:

—¡Jerry! ¡Jerry, no lo entiendes!

Él la empujó con la bota sin quitarle los ojos de encima al hombre que había tomado por Schmidt.

Tommy comenzó a sudar. En toda su vida profesional había enfrentado impertérrito toda clase de público, dando rienda suelta a la burla y al sarcasmo sin tregua. Pero la menor amenaza de dolor físico siempre le había acobardado. Y en aquel momento, olvidando su fortaleza, olvidando que medía bastante más de un metro, retrocedió apresuradamente para alejarse de la iracundia que lo bombardeaba.

Jerry Gordon dio un paso adelante, la fría intención que lo guiaba era patente en todos sus movimientos.

—¡Eh, señora Johnson! —gritó un hombre en la puerta.

Pero el suspenso de la habitación impedía a la mujer renunciar a la escena, ni siquiera desviar la mirada.

—¡Señora Johnson! —gritó otra voz de afuera.

La señora Johnson se dio la vuelta con gesto impaciente y vio a dos empleados que sujetaban entre los dos a un enano, indefenso en sus garras.

—Lo vimos saliendo por una de las ventanas de atrás —dijo uno de ellos—. ¡Usted nos dijo que vigiláramos este lugar, sepa usted que este tipo lleva un montón de billetes encima!

Tommy, en el pellejo de Schmidt, no prestaba excesiva atención a lo que decían. Lo único que veía era que Jerry

Gordon avanzaba hacia él con toda la intención de hacerlo picadillo, y que en los escalones estaba su verdadero yo, libre de toda amenaza del látigo, de la pistola y de aquella musculatura portentosa.

Fue tan automático que apenas lo tuvo que pensar. Un simple *¡zip!* Y todo terminó. Tommy estaba en los escalones, de nuevo con su poco más de medio metro de estatura, mirando con alivio a un Schmidt atónito que veía cómo se le echaba encima Jerry Gordon. ¡Que Schmidt solucione sus problemas como pueda! ¡Que lo echen del campamento! ¡Al diablo, con eso de ser el maestro de ceremonias!

Gordon alzó el látigo y lo dejó caer con un chasquido. Parecía inevitable que le arrancara la cabeza del cuello. ¡Pero no! En cuanto vio el látigo en lo alto, el puño de Schmidt salió disparado como una bala de cañón y a punto estuvo de sacar a Gordon del vagón blanco.

Gordon, tambaleándose, quiso volver a la pelea. Pero Schmidt gritó:

—¡Quédate donde estás, idiota! ¡Bastantes errores has cometido por hoy!

—¡Cuando acabe contigo —bramó Gordon— veremos quién comete aquí los errores!

—¡De acuerdo! —rugió Schmidt con furia glacial—. ¡Entonces dime qué sucede!

—Lo sabes perfectamente —replicó Gordon.

—Si lo supiera no te lo preguntaría.

—¡Serás canalla! —gritó Gordon—. ¡Me robas a mi mujer y aún tienes la desfachatez de recriminarme nada!

Dicho lo cual, volvió a atacarlo. Y una vez más actuó la fuerza bruta de Schmidt y lo sujetó fuertemente.

—¿Tu mujer? ¿Y qué tengo yo que ver con tu mujer, idiota? Si ahora resulta que una artista no puede negociar conmigo en mi oficina sin que un fracasado la persiga clamando «venganza», esta profesión ha cambiado mucho, mucho más de lo que estoy dispuesto a tolerar. ¡Te lo diré para que te enteres, infeliz! Tu mujer sabe que cada día estás peor. Sabe que he contemplado la posibilidad de suprimir tu número a mitad de temporada, por mucho contrato que haya. Y ha venido a rogarme que no lo hiciera, ha venido a suplicarme que no te destroce el alma. ¡Pero ella es de las que se humillan por gentuza como tú, que no dudas en degradarla delante de toda esta gente y acusarla de una vileza que jamás ha tenido cabida en su hermosa cabeza! ¿Te crees muy hombre, no Gordon? ¿Y aún te atreves a quedarte aquí mirándonos? ¡Discúlpate ahora mismo con Betty si no quieres que te arranque el corazón de cuajo!

Gordon se quedó perplejo y se volvió hacia su mujer, pero en el rostro de ella bañado de lágrimas no vio más que vergüenza, y hasta en eso se equivocó.

—Perdóname… Betty —dijo.

—La función ya ha comenzado —dijo Schmidt—, no sé si se habrán dado cuenta. De momento, Gordon, vas a conservar el trabajo, pese a tus repugnantes sospechas. Y a usted, señora Johnson, le digo que como sé que no podría sacar adelante el espectáculo sin mí, aceptaré sus disculpas y me dignaré a quedarme al menos hasta que encuentre otro maestro de ceremonias y director. Y ahora váyanse de aquí, tengo que arreglarme. ¡Menuda pandilla de tontos!

Betty y Gordon buscaron la salida y la señora Johnson, muy avergonzada, se retorcía las manos.

—Hermann...

—¡Qué! —exclamó con brusquedad.

—Hermann... ¿vas a poder perdonarme?

—Ya hablaremos. ¡Ahora váyase y déjeme cambiarme!

Pero el grupo de los escalones no se movía. Los dos empleados eran demasiado firmes de propósito como para no acordarse de que tenían un cautivo en sus garras. La señora Johnson fue retrocediendo hasta toparse con ellos. Poco faltó para que pisara a Tommy.

—¿Y con este qué hacemos? —preguntó uno de ellos—. Está lleno de billetes, y lo hemos visto salir por la ventana de atrás.

Schmidt los alejó a los dos de un empujón y se quedó en un escalón de más arriba, mirando al enano con diversión. Pero la diversión que había en sus ojos era tremebunda y Tommy se estremeció.

Schmidt le arrebató las carpetas de las manos.

—La recaudación del día —dijo Schmidt dirigiendo a la señora Johnson una mirada significativa—. Esa ventana de atrás está siempre abierta. Una persona grande no pasa por ella, pero un enano sí, eso seguro. Me parece que al fin —dijo con satisfacción— hemos dado con la explicación de por qué perdemos dinero sistemáticamente.

—¿C-c-cómo? —dijo Tommy con voz entrecortada—. Tú... tú sabes que...

• YO EN TU LUGAR •

—Adelante —respondió Schmidt—. ¡Miéntenos si puedes! Y miró a la señora Johnson como diciendo: «¡A ver lo que nos cuenta ahora!»

Pero Tommy no acertó a decir más que:

—*Glup.*

—Tommy —dijo la señora Johnson—. No me puedo... no me puedo creer que tú hayas...

—Aquí está la prueba —agregó Schmidt—. Y ustedes —les dijo a los dos empleados—, llévenselo al cuarto auxiliar de los domadores y reténganlo allí hasta que termine la función. Después le diremos al John Law que se pase por aquí a buscarlo.

Tommy tragó saliva y sintió que se le acumulaban lágrimas de rabia. ¿Pero qué podía hacer? Él era el único que estaba enterado de las fechorías de Schmidt.

¡Un momento! Schmidt había evitado la catástrofe, pero sólo momentáneamente; ¡qué prodigio sería poder volver a cambiar de cuerpo!

Tommy miró al maestro de ceremonias, en la entrada del vagón blanco, con ojos maquinadores. ¡En cuando articulara palabra, estaba acabado!

Pero en aquel momento Schmidt tenía otras cosas en la cabeza y, para colmo de males, fue otro el que habló a Tommy.

—Lo siento, chico. No creí que...

Todo sucedió tan rápido que Tommy no pudo evitarlo. ¡Tras un silbido y una leve sacudida, Tommy se vio mirando, látigo en mano, a un enano indefenso al que retenían dos fornidos empleados!

Con todo, esta vez la transferencia no fue tan suave por parte del contrario. En su nueva condición de enano, Gordon apenas lograba mantenerse en pie. No podía enfocar los ojos, menos aún emitir sonido alguno.

Y aunque Tommy esperó a oír la protesta para aprovecharla y volver a cambiar de identidad, de pronto se le ocurrió que le iba a ir mucho mejor en la piel de Jerry Gordon que en la Schmidt o en la del pequeño Tom.

De modo que no hizo nada.

—¡Escúchenme bien! —gritó la señora Johnson—. Agárrenlo y no lo suelten. ¡Si se les llega a escapar lo pagarán, y muy caro!

—Déjelo en nuestras manos —dijo uno de ellos zarandeando al enano con violencia—. Vamos, Pete.

Y entre los dos se llevaron al pequeño Tom, que ahora era Gordon.

Con la sensación de haber salido airoso del aprieto, Tommy, ahora formido y bronceado, alto y apuesto, se sentía eufórico por los acontecimientos. Estaba claro que aquella era su oportunidad. Tenía pruebas contra Schmidt. Lo único que tenía que hacer era volver las tornas contra él y arrebatárselas.

Cuando estaba a punto de adoptar la pose adecuada para acusar a Schmidt de todos los delitos cometidos por el maestro de ceremonias, sucedió otro acontecimiento.

Un acorde en *la* mayor, prolongado y conmovedor, anunció el próximo número de la gran carpa. Betty se agarró a Gordon (Tommy) y gritó:

—¡Esa es tu entrada!

· YO EN TU LUGAR ·

Y Schmidt lo repitió alzando la voz.

—¡Estás retrasando la función! ¡Ya están soltando a tus felinos en la pista! ¡Vamos! ¿A qué esperas? ¿Te has propuesto arruinarlo todo?

Tommy se abismó en un solo pensamiento siniestro. ¡Felinos, grandes felinos, felinos de pelaje pardo, leones y tigres de enormes colmillos y garras como sables... esperándolo a él! ¡Esperando a rasguñarlo, a lacerarlo, a desgarrarle la carne y destrozarlo, como a punto estuvo de hacer aquel león de San Luis!

Estaba tan paralizado que no podía gritar, pero tampoco podía oponer excesiva resistencia a la señora Johnson y a Schmidt, que lo conducían hacia la carpa con rapidez.

Dentro estaban repitiendo el mismo acorde a modo de terminación del anuncio y una vez más se prolongó en ese tono agudo, llamando con urgencia al ausente domador de fieras.

Tommy desistió de todo intento de resistencia. Como un mártir que ya huele el humo de las víctimas compañeras de suplicio, decidió poner al mal tiempo buena cara y esperar que el trance no fuera demasiado lento ni doloroso.

Era capaz de contemplar la posibilidad de enfrentarse a una persona grande, de correr algún riesgo en su actuación, pero jamás, jamás podría verse frente a un felino, no digamos cuarenta. A su mente acudieron las imágenes de la escena vivida en San Luis. Olía de nuevo el fétido aliento de la bestia, sentía los arañazos de esas garras afiladas como el cuchillo de un carnicero. Si la ayuda se hubiera retrasado un segundo, ése habría sido su fin.

Mientras lo empujaban con impaciencia, se miró el cuerpo sin dar crédito a las posibilidades que le daba su físico actual. Gordon era fuerte y apuesto, muy seguro de sí mismo. Pero era fuerte y apuesto y seguro... en su alma. Esa era la diferencia. ¡Menudo fracaso!, pensaba Tommy. El cuerpo no cambiaba las cosas en absoluto. Lo importante era el alma de los hombres, lo que eran en su fuero interno, el valor y el coraje que pudieran poseer. Ya podía ser el hombre más grande del mundo, que si no tenía fortaleza en su alma seguiría siendo un pobre infeliz.

Había rogado que le dieran la oportunidad de demostrar que era el cuerpo lo que contaba. Había soñado con demostrar que, a igualdad de estaturas, él podía equipararse a los mejores del mundo de los grandes. Pero por más que lo maldecía, su corazón cobarde le demostraba que eso era mentira. Ahora era una persona grande. No había cuerpo más fuerte que el de Gordon en aquel universo de serrín. Pero sin el corazón y el alma de un domador de leones, el cuerpo no era más que una figura de barro que dependía de la orden que recibiera en su interior. El hombre es su alma, no su cuerpo.

¡Y Tommy se odiaba, consciente de no poseer el valor de enfrentarse a esas bestias!

A su favor podía decirse que por buen animador que fuera, jamás había tenido experiencia de ningún tipo en lo que se refiere a la doma de animales. Tanto detestaba la idea de enfrentarse a los felinos que ni siquiera había podido ver a Gordon en acción. Por lo tanto no podía entrar y fingir una rutina, la que fuera, aun suponiendo que se armara de valor para ello. No conocía esa pista en lo más mínimo. Él era el pequeño Tom, el as de los enanos, por más que el mundo lo confundiera con Jerry Gordon, emperador de los reyes de Bestiana.

Ahogando un grito, volvió a detenerse. De algún modo sabía que Maizie, de pie en la primera fila de los asientos, se había mantenido cercana a los acontecimientos de la última media hora. Había visto y oído todo lo sucedido con Schmidt, de lo contrario ¿cómo iba a estar tan segura, la pobre Maizie, de estar mirando al pequeño Tom, y no a Jerry Gordon?

Esa comprensión de lo ocurrido era visible en su rostro acongojado. Con una estatura comparable a la de las muñecas grandes de los niños y más hermosa aún en su tristeza que muchas actrices de la gran pantalla, Maizie había acudido en su ayuda. Lo había identificado gracias a su intuición y ahora...

De pronto a Tommy le dio un vuelco el corazón. ¿Por qué se había puesto ahí Maizie? ¿Por qué iba a hacer una cosa así de no ser para ofrecerle su última oportunidad de vida?

Cuando él pasó por delante, ella le gritó:

—¡Mírame! ¡Sálvate!

Y se habría ido hacia él si no fuera porque Schmidt la echó hacia atrás de un empujón. El pequeño Tom quiso soltarse a duras penas para golpear a Schmidt por haber hecho eso, y al hacerlo descubrió otra verdad.

Schmidt lo sabía. ¡Lo supo desde el principio! Sabía que el domador no era Jerry Gordon, sabía que un simple enano se acurrucaría en la pista y moriría pisoteado por aquellas garras feroces. Sabía que Jerry Gordon también moriría en el cuerpo de...

La revelación fue como un jarro de agua fría. ¿Por qué les permitía seguir con la farsa? ¿Por qué no luchaba? Pero Schmidt le agarraba el brazo tan fuerte que le hacía daño. Además, había cinco mil personas bajo aquella lona, observando sin aliento el bramido de las trompetas anunciando la llegada de Jerry Gordon, el maestro de la muerte.

En aquel momento un foco los iluminó. La luz cegó unos instantes al pequeño Tom, pero luego vio ante él los finos barrotes verticales que se alzaban imponentes, formando la pista de las fieras. Se quedó ahí de pie, a solas, viendo cómo se alejaban la señora Johnson y Schmidt, que acto seguido se puso delante de la banda, arrebató el micrófono y bramó:

¡Damas y caballerrros! ¡Les prrressento al único e incomparable maestrrro de fierras salvajes, el mejorrr domadorrr del mundo! Nuestrrra estrrrella tiene la osadía de entrrrar en una pista con veinte leones y veinte tigrrres de Bengala, caníbales todos ellos, damas y caballerrros, bestias salvajes, enemigas entrrre ellas y enemigas también del hombrrre. Bestias que, sin embarrrgo, obedecen a un solo hombrrre, un hombrrre que, sin ayuda ninguna, entrará en la pista con audacia y conquistará con su látigo y su pistola de fogueo a las más indomables, carnívoras, voraces, diabólicas, volcánicas, tempestuosas y mortíferas bestias de la selva. ¡Damas y caballerrros, les prrresento al hombrrre más valiente de toda la faz de la tierra, Jerry Gordon, emperador de los monarrrcas de la jungla, amo de los animales más peligrrrosos del mundo!

• YO EN TU LUGAR •

Sonaron tambores y trompetas estruendosas.
El foco lanzó destellos y se puso justo encima del pequeño Tom.
Su amor por el escenario le impedía salir huyendo. Estaba hipnotizado por el papel que debía representar. Y también había otra cosa. Aquel cuerpo estaba tan acostumbrado a dar unos pasos y entrar en esa pista que sus piernas traicioneras lo llevaron directamente a la puerta lateral.
A sus espaldas, en medio de un silencio repentino, oyó un solo gritito.
—*¡Tommy!*
No podía darse la vuelta para mirarla. Sería peligroso...

Los grandes felinos salieron de su recinto y aparecieron en la pista. ¡Cuerpos leonados, unos doscientos kilos por cada bestia y todos y cada uno de esos gramos pidiendo sangre! Zarpazos y gruñidos y dientes resplandecientes arremolinándose tras aquellas rejillas finas, dando vueltas y más vueltas, arremetiendo unos contra otros, gruñendo y salivando y rugiendo muerte a los encargados de las fieras, y al mar de personas que tenían delante.
Cinco mil espectadores contemplaban la escena con escalofríos. Cinco mil espectadores que vieron (o creyeron ver) a Jerry Gordon meterse en la doble puerta, cerrarse en una jaula distinta, prepararse y armarse de valor para entrar al fin en la pista.
Era la muerte, pero iba a tener que afrontarla. Era la muerte, pero con tanto gentío y tanto foco, no podía echarse atrás.

Quizá se lo debía a Gordon. Quizá era un último esfuerzo desesperado por demostrar que él estaba en lo cierto, que ser una persona grande era lo que a fin de cuentas importaba, que el alma no influía en lo más mínimo. Quizá era una manera de burlarse de su escuálida gallardía. Había vivido aterrorizado por todo, por eso quiso dejar de ser enano. Y aunque ese terror se debía íntegramente a su parvedad, a la eterna amenaza de que lo pisaran y a la despreocupación con que el mundo de los grandes lo había intimidado, no por ello dejaba de ser cobardía. La cobardía... era lo que le había llevado a aquella situación. ¿No era un acto de justicia, por tanto, enfrentarse ahora a una prueba crucial?

Cabía la posibilidad, aunque la esperanza era remota, de salir ileso de aquella. Su cuerpo lo había guiado a la puerta adecuada. Quizá también le infundía los movimientos precisos. Además los felinos estaban acostumbrados a Gordon y acaso... ¿acaso él no era Gordon en aquel momento?

Él se lo había buscado y él solo iba a afrontarlo.

Percibió el frío de los barrotes de acero en la palma de la mano y tiró de la segunda puerta para abrirla.

Las bestias, apiñadas delante de él, se alejaron de un salto. Uno de los leones se encaramó a su pedestal, un tigre al suyo. Acto seguido, como si se tratara de una avalancha en sentido contrario, todos los demás, salvo uno, se subieron velozmente a sus respectivas tarimas nada más oír el mecánico chasquido del látigo y el disparo de la pistola. La única bestia que quedaba en el suelo retrocedió y echó la zarpa al látigo y escupió a la llama y al humo de la pólvora. Era un león furioso y corpulento cuya melena sobresalía enmarcando su rostro embravecido.

El aire era sofocante por el intenso olor animal. Las gradas eran una mancha palpitante al otro lado de los focos. Cinco mil rostros contaban menos que uno solo.

Él, el pequeño Tom, estaba solo en una pista llena de bestias salvajes y a pesar del cuerpo que había usurpado seguía siendo un enano. Por más que la mano y el brazo chasquearan el látigo mecánicamente, había olvidado, para su horror, que era «Jerry Gordon». Veía el tamaño de su brazo, cierto, sentía el gran tamaño de su cuerpo, sí, pero no podía creer aquellas meras manifestaciones de sus sentidos. Él era él, con su alma, y esa alma era la del pequeño Tom, ¡enana y cobarde!

Con el látigo y la pistola, Tommy combatió al león. Revolvía el serrín de la pista con sus botas. Y cuando la bestia se irguió y dio un zarpazo al aire, la silla llegó a sus manos con toda naturalidad. Contra su propia voluntad, se vio avanzar hacia él y, para su absoluto asombro, el león se encaramó al pedestal. Tommy no daba crédito, no podía creer que hubiera ganado aquel asalto, que el número siguiera su curso como cada día.

Pero uno de los tigres grandes se estaba bajando con furia para abordar el número del aro, después le seguirían los demás, por turnos. El tigre atravesó el aro y la masa entera de bestias refulgentes y tensas fue atravesando el aro de un salto, una tras otra.

El pequeño Tom cobró ánimos. Pese a los rugidos y al espíritu combativo, aquellos animales estaban muy bien domados. La sola imagen de Jerry Gordon, su olor, bastaba para mantenerlos a raya, aun cuando no fuese Jerry Gordon el que ahí estaba...

Lo siguiente era la voltereta de la tigresa. Tantas veces había dado la señal ese brazo, que en aquel momento la volvió a dar sin que Tommy entendiera cómo. Y la tigresa dio la voltereta, pero no repitió. Ella sabía que ahora venía un descanso, un descanso que aprovechaba para rugir con desafío y avanzar, preparándose para saltar. Llegado este punto, Gordon se acercaba a ella protegiéndose el pecho con la silla, se agachaba y la miraba fijamente a los ojos con una mirada hipnotizante para obligarla a volver, a que fuera ella quien apartara la vista y a desafiarla y obligarla a dar otra voltereta por propia voluntad. Las otras bestias sabían que debían rugir y cambiarse de pedestales y mirar a su domador con ferocidad para que no decayera la lucha.

La silla fue a parar al pecho de Tommy, la tigresa avanzó salivando y maldiciendo, revolviendo el serrín con sus garras anhelantes.

Y la rutina habría seguido su curso, pues Tommy percibía que para todas esas bestias aquello era simplemente rutinario, tantas veces repetido que ni ellas ni él tenían que pensar qué venía a continuación. Eran autómatas enjaulados y si dejaba que el cuerpo hiciera su parte, todo saldría bien.

Lo que Tommy no sabía era que la ferocidad de la voltereta debía llegar a tales extremos. Por un momento volvía a ser el pequeño Tom. Sabía hasta dónde podía retroceder, pero en su nerviosismo calculó la distancia adecuada para el pequeño Tom, no la de Jerry Gordon, con su metro noventa de estatura, y dio tres pasos cuando tenía que haber dado tan sólo uno.

Justo cuando estaba seguro de que iba a poder hacerlo, cuando les había perdido el respeto a las bestias y al número, pisó un aro abandonado con el tacón de la bota.

Cayó de espaldas y con fuerza, pues el suelo estaba más lejos de lo que había pensado. Intentó incorporarse como pudo en cuanto cayó, quiso chasquear el látigo y disparar la pistola y después descansar un instante en la entrada de la pista.

Pero aquello no era ninguna farsa, tampoco una rutina con todas las de la ley. Eran felinos de la selva de Malasia y de África, y cuando vieron a su domador en el suelo...

La tigresa artífice de la voltereta saltó. Tommy le disparó a la boca abierta con la pistola de fogueo. Pero los demás no habían sentido el dolor, no veían más que a su domador... ¡Cuántos años habían esperado para verlo en semejante trance! ¡Cuántos años se habían sentado en esos pedestales mirando a aquel hombre con voraz ferocidad, aguardando el momento oportuno, haciendo lo que a él se le antojara, soñando con el instante en que pudieran sofocarlo con su peso, desgarrarlo con las zarpas, sentir su carne tibia entre las fauces poderosas!

¡Estaban descendiendo!

No quiso el destino que fuera una muerte instantánea, pues uno de los grandes leones empujó a un tigre según saltaban a la vanguardia de la manada. Eran enemigos de sangre, enemigos personales, y arremetieron y se embistieron con un ruido sordo que sacudió los barrotes como si fueran pajitas.

Tommy, atenazado por el miedo, se impulsó hacia atrás, todavía tratando de incorporarse. Miró a su alrededor para suplicar a los encargados de las fieras que interviniesen. Estos ya estaban agarrando estacas y lanzando gavillas de ramas a la jaula. Pero la reacción era lenta, muy lenta, y la muerte aguardaba a unos instantes.

La pelea de las dos bestias provocó el estallido de la bomba. Liberados de la amenaza del látigo y la llama, los demás comenzaron a embestirse con toda la furia de su odio reprimido. Otros, sin olvidarse del domador caído, trataban de llegar a él entre la maraña enardecida. Los protagonistas de la pelea inicial, absortos el uno en el otro, desplazaron el campo de batalla hacia Tommy. Al instante ya estaban enzarzados encima de él; no le prestaban la menor atención, pero lo tapaban y pisoteaban y arañaban a discreción.

La carpa enloqueció. Cinco mil voces emitieron un mismo sonido y acto seguido volvió a imponerse el silencio. Los encargados de las fieras hincaban en vano las estacas donde podían, metiéndolas entre los barrotes. Tres de ellos intentaron con todas sus fuerzas abrir la puerta, todos a una, y sacar al domador a rastras.

—¡Eso es una locura! —gritó una voz aguda—. ¡Es una locura, aléjense de esa puerta!

Tommy, aturdido por la batalla, tuvo una visión que entró en su conciencia con mayor intensidad que la conmoción de aquella muerte inmediata.

Jerry Gordon, el verdadero Jerry Gordon con cuerpo de Tommy, se las había arreglado de algún modo para liberarse de sus captores y al ver a sus bestias destrozándose, al ver su anhelado cuerpo amenazado por la guerra desatada en la pista, a punto de ser masacrado, él también se olvidó por un momento de su identidad. Su sitio estaba en aquella pista y hacia ella se dirigió a duras penas.

—¡Dispara el arma! —gritó el verdadero Gordon.

Y en aquel instante el hechizo volvió a surtir efecto. Tommy no habría podido evitarlo aunque lo hubiera intentado. Lo habían llamado, las palabras quedaron registradas en su cabeza y un segundo después desapareció toda la tensión. ¡Estaba sano y salvo al otro lado de la jaula, mirando a Jerry Gordon sepultado por sus felinos!

Estaba a salvo. Habían vuelto a cambiar las tornas. Gordon estaba allí, con la identidad que le correspondía. Y aquí estaba él, Tommy...

Jerry Gordon, bajo aquel infierno atronador, disparaba frenéticamente con la pistola, directamente al cuerpo de las bestias. Pero el escozor de la pólvora sólo tuvo un efecto. Las bestias se habían olvidado de Gordon, absortas como estaban en la tarea de matarse entre ellas. Con todo, aquel escozor en la panza de los tigres y leones los impulsó a apartarse de un salto y vislumbrar el objetivo inicial.

Gordon intentó levantarse, pero hasta él sabía que no lo iba a lograr. El látigo había desaparecido, la silla no era más que un montón de astillas. Y cuanto más apretaba el gatillo, más enfurecía a los animales, más llamaba la atención de las bestias y más dispuestas estaban estas a atacar... el último ataque que Jerry Gordon vería en su vida.

Jerry Gordon, bajo aquel infierno atronador, disparaba frenéticamente con la pistola, directamente al cuerpo de las bestias.

Los encargados de las fieras, petrificados, habían recurrido al gas lacrimógeno. Era una práctica tan poco utilizada que el responsable de arrojar las granadas se olvidó de quitar el seguro, de modo que rodaron inofensivamente por el serrín y quedaron rápidamente enterradas por el tumulto.

Las estacas no eran lo bastante largas y los que las manipulaban no parecían proclives a entrar a aquella jaula por la puerta principal.

El pequeño Tom observaba desde afuera, a salvo de todo peligro. Aquello era un error monumental, espeluznante. Él era la causa de la muerte inminente de Jerry Gordon. La había provocado y después se había escabullido para permanecer sano y salvo al otro lado de las rejas. ¡Cobarde! Esa era la prueba absoluta de su cobardía. Un auténtico cobarde, eso es lo que era. ¡Había provocado la muerte de un hombre y lo estaba dejando morir!

Un enano que no llegaba a un metro de estatura era un bocadito de nada para cualquiera de esas bestias. No duraría más que Gordon. Pero él lo había provocado. Le había hecho eso a un hombre inocente.

No iba a poder soportarlo. Estar a salvo no significaba nada en medio de aquellos pensamientos. ¡Dirigió un grito claro a Gordon, le arrebató al empleado la antorcha de su mano paralizada y se metió entre los barrotes!

Tanto temblaba de puro terror que apenas podía sostener el arma. Pero se obligó a embestir hacia adelante como un luchador de esgrima, directamente a las fauces del tigre que en aquel momento pisoteaba a Gordon.

Le metió la antorcha hasta la mitad de la garganta y el animal se detuvo, dio media vuelta y se alejó de un salto soltando un alarido de dolor. El león de la derecha desvió su atención hacia el enano. Dio un salto, la antorcha le quemó el pecho y se fue gritando hacia los pasadizos de la jaula.

Saltó otro tigre y también se detuvo, revolcó a Tommy por el suelo una y otra vez pero también salió huyendo al instante. Golpeado por todas partes, Tommy se levantó. Desquiciado de ira, se olvidó completamente de su tamaño por primera vez en la vida. Como si fuera una pequeña jabalina con punta de fuego, se arrojó a la maraña de felinos que peleaba alrededor de Gordon.

Ellos intentaban dar zarpazos a la antorcha. Rugían. Retrocedían y se tropezaban unos con otros tratando de apartarse. Después vieron a sus compañeros dirigirse hacia la oscura protección del pasadizo y, en fila india, también fueron desapareciendo los que quedaban.

En la pista ya no había felinos. El polvo flotaba a la luz de los focos. El humo de la antorcha subía en espiral y el rostro de Tommy se tiznó de negro.

Gordon, tirado en el suelo de costado, gruñó y se movió un poco. Después se quedó inmóvil. Las rejas descendieron y bloquearon el pasadizo de las fieras.

Ya no había peligro.

Tommy dejó caer la antorcha y se miró las manos diminutas. Se preguntó si no iba a enfermar de gravedad. Estaba casi seguro de que sí.

Se oyó un estruendo metálico y la puerta se abrió. Pero no era ninguno de los empleados. Era Betty, con la corona de oropel ajada y los dedos sangrientos de tanto forzar el cerrojo de seguridad. Se agachó rápidamente junto a Jerry, le tocó el corazón, trató de que apoyara en ella la cabeza sangrienta.

La pista comenzó a llenarse de hombres. El griterío de cinco mil gargantas se oía como una escuadrilla de aviones cayendo en picado.

—¡Jerry! ¡Jerry! —gritaba la chica—. ¡Jerry, no te mueras! ¡No puedes morirte!

Jerry abrió los ojos y la miró aturdido.

—¡Jerry! —susurró con la voz quebrada.

A duras penas logró sentarse y sacudirse un poco la cabeza para quitarse el aturdimiento.

—Jerry, tenías razón con lo de Schmidt. ¡Sí que lo hice... sólo Dios sabe por qué! Tenías razón y ahora me odiarás. Pero lo vamos a arreglar, Jerry. Te lo prometo, lo vamos a arreglar.

Él la miró un rato y después le tomó la mano. Se acercó un médico y abrió su maletín, pero Jerry Gordon se levantó y lo apartó de un empujón.

—¿Acaso cree que estos cortes que tengo son graves, doctor? ¡Le diré una cosa, llevo enfermo semanas enteras, pero esto es lo único que necesitaba!

Y, cojeando, dejó que Betty lo ayudara a salir de la pista.

La señora Johnson trataba de abrirse paso entre los hombres que rodeaban a Tommy. Él no oía lo que decían. Tampoco necesitaba oír lo que decían.

—¡No... no sé qué decir! —exclamó la señora Johnson.

—¿Y por qué habría de decir algo? —dijo Tommy con insolencia.

Se metió las manos en los bolsillos en busca de un pañuelo, pero lo único que encontró fueron cartas y libretas. Las sacó sin sentir la menor curiosidad por ellas, pero cuando se le cayeron de las manos y tuvo que agacharse a recogerlas comprendió lo que eran.

Una luz repentina lo iluminó por dentro. Abrió la primera libreta de ahorro, en la que estaba escrito el nombre de «Hermann Schmidt». Leyó la lista de depósitos, las decenas de miles de dólares que Schmidt había ahorrado en tres meses, con un salario de mil dólares mensuales. Y vio una carta de amor que empezaba «Mi querido Hermann» y terminaba «Tu Betty».

—Yo... yo no sé... —decía la señora Johnson—, a fin de cuentas, robar es un delito criminal... y es cierto que las ganancias del circo desaparecen...

La señora Johnson se limpió los ojos dándose unos toquecitos.

—¿Qué... qué voy a hacer?

—¿Hacer? —dijo Tommy.

En aquel momento llegó Schmidt, nada intimidado por las escenas que habían tenido lugar. Lo seguían dos John Laws sin imaginación ni sentido de la oportunidad.

—Ahí está —dijo Schmidt, señalando a Tommy—. Casi se nos escapa, pero...

Fue entonces cuando vio lo que Tommy tenía en las manos y, con su rapidez habitual, se lo arrebató tan apresuradamente que Tommy se vio obligado a soltarlo.

—Llévenselo —dijo Schmidt—, lo que acaba de hacer no tiene nada que ver con...

—¡Dame esa libreta y esa carta! —gritó Tommy.
Schmidt lo apartó de un empujón y los John Laws intentaron agarrarlo.

—¡Si no me das esa libreta —gritó Tommy—, te... te arranco el corazón de cuajo!

Schmidt iba a soltar una carcajada, pero una botita puntiaguda directamente a la espinilla convirtió la carcajada en un alarido y un insulto. Se agarró la parte dolorida y dio unos saltitos para aliviarse. Los John Laws intentaron agarrar a Tommy una vez más, pero éste no estaba donde las manos de los dos se chocaron.

No, Tommy no estaba allí. Se había subido al pecho de Schmidt como si fuera un obrero de altura y le había metido los dos pulgares en sendos ojos, a modo de atizadores. Schmidt lo tiró al suelo.

Tommy se levantó como una pelota de goma emitiendo su grito de guerra:

—¡Dame esa libreta!

Y al instante ya estaba de nuevo encaramado a Schmidt.

Tal vez los tigres le habían enseñado algo, o tal vez al lado de ellos Schmidt parecía pequeño. En cualquier caso, unos puños pequeños en el lugar adecuado, unas botitas dispuestas a clavarse donde corresponda y un blanco pequeño que se mueve más rápido de lo que ningún ojo es capaz de seguir, siempre superarán a la fuerza bruta y lenta. Los John Laws miraban la escena boquiabiertos y no hacían más que estorbarse mutuamente.

Sin darse cuenta, Schmidt permitió que el ataque lo obligase a retroceder hasta pisar el aro traicionero que ya antes había hecho de las suyas. Tropezó con él, se tambaleó un poco y finalmente cayó al suelo. No fue por casualidad que Tommy aterrizara con los dos pies en el plexo solar de Schmidt.

Schmidt soltó un alarido de dolor y trató de quitárselo de encima. Pero Tommy había aprendido mucho de los tigres, y aunque pesara pocos kilos y no llegara al metro de estatura, lo que nunca había que hacer era ceder terreno, eso lo recordaba bien.

A la tercera patada que recibió Schmidt en el diafragma, se le pusieron los ojos en blanco y se desmayó.

Ahora que estaba tranquilo, Tommy le quitó la libreta y la carta. Uno de los agentes de la ley se había retirado para que el otro pudiera atrapar a la presa, pero este segundo recibió un mordisco en la mano y sintió que le ardía el trasero. Se dio la vuelta a toda prisa y con un salto se apartó de la antorcha que Maizie tenía en las manos.

Tommy le entregó la libreta a la señora Johnson. A ella le costó un rato entender lo que ocurría, es más, no lo entendió hasta que Tommy gritó:

—¡Ya está bien, paquidermos inútiles! ¡Si tuvieran dos dedos de frente, entenderían que el hombre que buscan es ese! ¡Hermann Schmidt!

La señora Johnson miraba la libreta y la carta y después a Schmidt, tendido en el suelo. Y cuando éste empezó a recobrar el sentido, ella misma le dio otra patada que se estrelló en el chaleco rojo.

—¡Levántate, ladrón! ¡Arriba! Y ustedes dos, llévense a este hombre de aquí antes de que yo remate lo que Tommy ha comenzado. ¿Me han oído?

Maizie miraba a Tommy con tanto anhelo que a punto estuvo de no ver la puerta de la pista. Él la ayudó a entrar y ella le dijo con voz entrecortada:
—Yo sabía perfectamente cuándo eras tú, Tommy. Lo sabía. Y cuando saliste a la pista entre los barrotes...
—Olvídalo —dijo Tommy con una sonrisa—. Tenías razón, me equivoqué. Pero no tanto, ¿sabes? Porque... porque... bueno, si el fantasma del Maestro está por aquí cerca, supongo que se habrá decepcionado, pero te digo que me ha hecho un favor, Maizie. Me ha demostrado que yo era un idiota y un egoísta, y un cobarde. Me avergüenzo de mí mismo. En ningún momento pensé en ti cuando empecé todo esto. Jamás lo volveré a hacer, Maizie. ¡Jamás, te lo prometo!
A Maizie se le iluminaron los ojos.
—¿Y volverás y te quedarás conforme siendo... un monstruo?
—¡No! —gritó Tommy—. ¿Quién ha dicho nada de volver? ¡Mira lo que hay aquí arriba, Maizie!
Ella advirtió que se encontraban bajo la plataforma del micrófono. Sintió un súbito movimiento por el costado y, con total asombro, vio a Tommy subir las escaleras a todo correr, inclinar el micrófono para ponerlo a su altura y acto seguido oyó por los altavoces su voz de pregonero descarado.
—¡Damas y caballeros! ¡Pase lo que pase en el circo, la función nunca se interrumpe! ¡Con sumo placer les presento, para su máximo entretenimiento, una atracción que nos ha costado mucho esfuerzo traérsela a ustedes!
Era Tommy el gran animador, Tommy en su mejor faceta,

haciendo lo que siempre había querido hacer, cumpliendo la ambición que tantos años había alimentado su cuerpo pequeño y frágil pero valiente.

Estaba radiante, lúcido, lleno de vitalidad... y más feliz que en toda su vida.

Maizie apenas podía respirar. ¿Y si le arrebataban ahora esa felicidad? ¿Y si la perdía justo cuando había cumplido el sueño anhelado de toda una vida? Eso le rompería el corazón...

Desconcertada y perpleja por los acontecimientos, la mirada de Maizie pasó de Tommy a la señora Johnson, al otro lado de la pista. ¡Pero la señora Johnson miraba a los cinco mil espectadores que a su vez contemplaban fascinados aquella figura diminuta junto al micrófono, una figura cuya voz, más aún que su valentía, y su apuesto porte, más que su menudez, ejercían total dominio sobre todas y cada una de sus facultades!

La señora Johnson volvió a mirar al pequeño Tom con una expresión que denotaba claramente su sorpresa por el hecho de que a nadie se le hubiera ocurrido antes aquella posibilidad. Advirtió que Maizie la estaba mirando con ojos inquisitivos y ella le sonrió al tiempo que asentía muy lentamente con su cabeza, mucho más sabia y experimentada...

EL RESCATE DEL DIABLO

EL RESCATE
DEL DIABLO

Llevaba tanto tiempo pasando frío que ya ni siquiera soñaba con los grandes troncos crepitando en la chimenea de la vieja finca que era su hogar. Ahora sólo temblaba de vez en cuando y sentía dolor, consciente de que por momentos era un dolor cortante que luego se transformaba en un dolor melancólico que lo devoraba desde la punta de aquella mata de pelo incrustada de sal hasta los pies agrietados.

Había dejado de abandonarse a la locura de visualizar las grandes cenas del pasado y ya sólo recordaba el sabor curiosamente exquisito de la última galleta de la panera que, aun mohosa e incomible, se había comido dos días antes sin dejar una sola miga.

Transcurridas sesenta horas estaba agotado de tanto agarrarse ante los embates y las violentas sacudidas y al zarandeo lacerante del bote salvavidas, con sus cinco metros de eslora; ya no se agarraba a nada sino que yacía boca abajo en diez centímetros de agua, dejándose llevar y moviéndose de lado a lado como un peso muerto.

Era un infierno abrir los ojos cuando los párpados ya se le habían llenado de sal tras haberlos tenido cerrados, pero algún instinto profundamente arraigado le pedía alzar la mirada de vez en cuando hacia la maltrecha bandera que colgaba invertida en el mástil. El salvaje azote del viento desgarrando aquella lana roja, blanca y azul lo agotaba y volvía a cerrar los ojos.

Ya casi se había puesto el sol. Era el atardecer de su vigésimo segundo día en un bote a la deriva en algún punto del sur y del oeste de ese lugar llamado, irónicamente, el cabo de Buena Esperanza.

Al primero que había tirado por la borda a aquel mar gris y agitado fue al grumete. En el momento lo hizo con gran dolor de corazón, aunque ahora le parecía que lo importante era la entereza que había demostrado. ¡Cuánta energía radiante había salido de él para no sufrir ese mismo destino! Con qué valentía se había agarrado a ese remo, pidiendo a la tripulación que se encorvara hasta que cambiara el viento y pudiera izar la vela.

Después arrojó al cocinero. Le sorprendió que un tipo con tanta grasa no hubiera vivido más. El viento no cambió y cuando amaneció resultó evidente la razón por la que había tenido que mantener el timón a estribor durante la última hora, de modo que arrojaron al mar el remo de proa.

Todo eso sucedió después de que el viento comenzara a soplar directamente del Cabo. Por detrás no había nada más que alcas, les dijo. Alcas y hielo, y no tenían mucho que perder salvo sus vidas, que no valían gran cosa, por otra parte. De modo que tiraron al mar el peso muerto que era el remo de proa y en seguida se lo tragó la espuma cremosa que agitaba el viento cada vez más intenso.

Para entonces ya no estaba al tanto de lo que hacía el resto de su tripulación. El capitán, de no ser porque había muerto sobre la cabina de la goleta y ya estaría a cien brazas de profundidad, habría llevado un registro preciso, eso sin duda. Pero no su oficial de cubierta.

Y hace dos o cinco días se cansó al fin de contemplar aquel brazo balanceándose en la bancada adelante y atrás y, para frenar el impulso de descubrir si el hombre constituye buen alimento, se incorporó como pudo y tras una hora de esfuerzo logró deslizar el cuerpo y arrojarlo a las fauces de una ola escabrosa que lo engulló y ya no volvió a soltar a su presa.

Se quedó mirando estupefacto, después, la galleta que flotaba en el agua marina del pantoque. Le extrañó que el contramaestre no se la hubiera comido mucho antes. Pero la pérdida del contramaestre era su ganancia, de modo que se la comió él.

La insensatez de comer le sobrevino después. Hacerlo prolongaría su vida algo más, pero estaba muy mareado e indispuesto por el zarandeo, las sacudidas y los bandazos del bote. Si la vela no hubiera salido volando hacía tiempo habría intentado estabilizarlo.

Tenía el ruido del viento metido en la cabeza, así como el azote de la única driza que quedaba, estaba convencido de que ya nunca podría sacárselos. El mar también aportaba su parte al tumulto general, cada vez que una ola elevaba sus doce metros de altura el viento la volvía a derrumbar y la cresta salía zumbando hasta que el aire no era más que una cortina de agua horizontal que decoloraba el cielo, plomizo de por sí.

Evaluando un poco su energía en aquel momento, invirtió algún tiempo en achicar el bote, lo que implicaba recoger agua, llevarla hasta la borda, arrojarla al mar, volver a meter el cubo, recoger agua, llevarla hasta la borda, arrojarla, volver a meter el cubo, recoger agua, arrojarla, llevarla hasta la borda…

Se miró la mano vacía unos instantes, pensando con cierto desánimo que probablemente el mar seguía hambriento, a pesar de los ocho cadáveres que había engullido, uno tras otro. Una ínfima parte de su ser se alarmó pensando que el barco podía inundarse poco a poco hasta hundirse del todo. Pero la mayor parte de su ser le decía con alivio que al menos no tendría que achicar más.

Por qué no había contraído neumonía o no se había muerto de frío como los demás era un enigma que en tal caso ya no tendría que resolver. Eso le ahorraría mucho esfuerzo inútil a su cabeza. Ningún hombre tenía derecho a vivir en aquel punto cercano al cabo de Buena Esperanza, en lo más crudo del invierno, con sus feroces vendavales y sus aguas gélidas, ni siquiera un oficial de cubierta bravucón, con todo el vigor de sus veinticinco años.

La veta irónica de su espíritu había aflorado a menudo para ayudarlo y quizá era una leve explicación de por qué él había aguantado más que esas otras almas robustas pero impasibles, para quienes la muerte era sencillamente la muerte y no una broma jugosa para los más incautos.

Al fin y al cabo, reflexionó en uno de sus escasos momentos de lucidez, ¿qué más podía pedir? Había estado al mando cinco horas largas; cuando el mástil se hizo añicos y mató al capitán,

• EL RESCATE DEL DIABLO •

le cayó en suerte luchar con valentía y mantener la goleta a flote con unas bombas que sacaban sólo la mitad del agua que entraba por las juntas abiertas.

Y ahora volvía a estar al mando, su propio mando en solitario, cinco metros de eslora, dos de manga. ¿Y qué importaba surcar las aguas con la vela y la botavara destrozadas, haciendo de ancla de capa? ¿Qué importaba que en aquel momento hubiese más de veinte centímetros de agua chapoteando en el fondo, rebasando el enjaretado continuamente y bañándolo a él mismo la mitad del tiempo?

La lucidez lo fue abandonando y fijó la mirada, casi sin ver, en la *Old Glory* destrozada por el viento.

Todo ello era imposible y acabó convenciéndose de que él, Edward Lanson, no estaba allí, que ni el cabo de Buena Esperanza ni el Atlántico Sur existían. Alguien había cometido un error monumental y había colgado a su alrededor un decorado que no era el que correspondía. Él no era él, y el mar no existía en absoluto. La oscuridad que iba cayendo tan despacio, descendiendo como los dedos relajados de la muerte, se llevaría todo aquello y él despertaría en una cama seca delante de un desayuno digno de un marinero y sabría que todo había sido una simple pesadilla.

Había soñado con la carne fría y húmeda de los muertos que arrojaba por la borda. Había soñado con los sollozos del grumete, que lloraba sólo por el dolor que sentiría su madre. Había soñado incluso con la *Doncella de Gloucester*.

La sacudida del mar bravío lo sacó del ensueño. Había oscurecido bastante, pero por encima de él aullaba el viento y el mar arremetía por todos los flancos, inmenso en su poder de destrucción, inescrupuloso en su voracidad.

Se levantó porque ahora el agua del pantoque le cubría el rostro con cada bandazo y aunque no hallaba motivos para no ahogarse y terminar con el suplicio de una buena vez, le resultaba menos trabajoso incorporarse apoyando la espalda en la bancada de mitad del bote que obligarse a yacer en el fondo y morir.

Había hielo en la espuma que le azotaba la espalda y tanteó con desgana a su alrededor hasta que rescató un sueste de alguien. Estaba húmedo y frío al tacto, pero al rato se acostumbró.

Sin la menor esperanza, hundió el mentón en el pecho; capeó el temporal horas enteras y de vez en cuando recobraba el sentido y permanecía varios minutos en un estado de lucidez mayor de lo que nunca había experimentado en su vida. Pensó en el tiempo que había desperdiciado, las innumerables horas de relajo que había vivido sin un solo propósito, y de algún modo le divertía pensar que todos los hombres pierden el tiempo, absolutamente ciegos al momento, a menudo muy cercano, en que agotarían también momentos y segundos muy preciados.

Sentado en su bote, el agua le llegaba ya a la cintura, unos treinta y cinco centímetros por encima del enjaretado, cuarenta y cinco de la quilla. El peso cambiante hacía oscilar el bote y aún entraba más agua, hasta que a veces la mitad de la borda resplandecía con el brillo fosforescente de la espuma. El movimiento lo tiraba hacia adelante y hacia atrás, y tuvo que agarrarse un poco a la bancada con los brazos. No tenía fuerzas para sujetarse del todo.

Tal vez en algún momento estuvo cerca de las rutas de navegación, pero ahora estaba muy lejos de ellas, sin posibilidad alguna de ser rescatado. Iba a la deriva en dirección al sur y según se acercara a la Antártida los días, uno detrás del otro, serían cada vez más fríos y habría más hielo en el viento. A mil o cuatro mil millas de distancia estaba Hobart. A mil o quinientas millas, justo en pleno azote del temporal que lo había expulsado a él, estaba Ciudad del Cabo. Parecía insólito pensar que siguiera habiendo tierra firme en el planeta, que los barcos surcaran el piélago, que él siguiera vivo cuando hacía tiempo que los otros habían muerto.

Debían de ser cerca de las once de aquella noche gemebunda cuando vio una luz. Encaramado en la cresta de una ola y después hundido en su seno, como era habitual, no alcanzó a verla más que fugazmente. No quiso cerciorarse porque era plenamente consciente de que la decepción sería demasiado angustiante para la escasa cordura que aún le quedaba.

Y sin embargo, cada vez que era lanzado vertiginosamente a esos picos de dientes espumosos en plena oscuridad, veía la luz de nuevo. No pasó mucho tiempo hasta que, aun negándose a dar credibilidad a la visión, comenzó sin embargo a meditar sobre su procedencia, pues no le parecía un faro, ni una luz de navegación, ni direccional, porque no era roja ni verde ni blanca, sino amarillenta y algo verdosa. Y tampoco procedía de una sola fuente sino de varias.

Terminó por creer en ella plenamente y se reservó la opinión respecto al posible rescate, pues le resultaba intolerable que un barco pasara tan cerca de él sin verlo.

En aquellos minutos en los que, creyera o no lo creyera, tal vez lo sacaran chorreando de las fauces de la muerte, su cabeza se negaba a funcionar, estaba recluida en sí misma, debatiéndose entre el deseo y la negativa de esperanzarse.

Lo cierto es que fuera lo que fuese, un buque o tierra firme, aquello se dirigía hacia él sin remisión y con cada vaivén del oleaje cobraba mayor nitidez. Era cada vez más grande, pero no más luminoso.

Había oído hablar de hombres que enloquecían en esos botes a la intemperie, hombres que veían toda clase de cosas y luego se desquiciaban al comprobar que ninguna de ellas era real. Le parecía que aquello era algún plan satánico concebido para incitarlo a carraspear unos cuantos gritos de alegría tras los cuales la visión desaparecería. Pero quizá, si seguía negándose a creerlo y no soltaba ningún grito, saldría victorioso porque habría burlado con astucia al hostil bromista que había tenido a bien gastarle semejante broma.

Había evitado el canibalismo. Y si Dios lo ayudaba, quizá lograría conjurar también la locura. Iba a actuar con astucia. Apoyaría el mentón en el pecho y no les haría señales de ningún tipo, y cuando al fin se acercaran tanto que ya no les fuera posible retirarse, aprovecharía la oportunidad para salvar la vida.

Y así, encubiertamente, comenzó a creer en ello y hasta recordó, ahora que ya no había lucha en su cabeza, que había cuatro bengalas en el compartimento de popa. Sin dejar que los nervios lo traicionaran, pasó por encima de las bancadas y levantó la tapa del compartimento. Tenía las manos torpes, en carne viva, y tardó un buen rato en tirar de la tapa de una bengala con fuerza suficiente para encenderla.

La bengala comenzó a desprender humo y cuando al fin estalló la luz le cegó los ojos. Se espantó al ver unas aguas tan turbulentas y la fragilidad de su bote salvavidas medio hundido. La extrema gravedad de su situación le atenazó la garganta.

Se protegió los ojos del resplandor y volvió a mirar aquella cosa. Ahora no la veía tan bien, pero sabía que estaba más cerca. La silueta era extraña, porque todo ello resplandecía y no parecía ser más que un triángulo de fuego desvaído.

¡No había barco en este mundo, por firme que fuera, que pudiera meterse de lleno en el temporal con sus velas cuadras aparejadas al juanete!

¡Y esa proa plana con su verga sobresaliente tampoco pertenecía a ningún buque granero clásico, reliquia de otros tiempos, cuando la vela era la dueña de los mares!

Su mano agradecía el calor de la bengala. Reparó detenidamente en su sensación porque seguía sin tener fe en aquello. La lógica le decía que no podía existir, y si existía no podía estar navegando de esa forma, y si navegaba así era imposible que viniera de la Antártida.

Pero ahí lo tenía, cada vez más grande. Le pareció distinguir, por encima del aullido del viento, voces repetitivas y el crujido de aparejos. Acto seguido, en un momento de calma repentina, oyó el estruendo del velamen flameando al viento y una voz que gritaba con toda claridad:

—¡Ah del barco! ¡Levántese para agarrar el cabo!

Era una ilusión del mar, aquella orden. Era un cortocircuito de su cabeza que el viejo buque mercante se hubiera puesto a barlovento, dejándose llevar contra viento y marea para acercarse a él. Pero fue entonces cuando oyó con toda claridad el estruendo de las velas momentáneamente sin viento.

La luz de la bengala no parecía influir en el extraño resplandor que rodeaba al buque en su totalidad, pero al acercarse más advirtió que las velas eran de color escarlata, no amarillo verdoso, y que los mástiles eran negros y resplandecían de espuma.

Un cabo le pasó rozando la oreja y un puño de mono cayó en picado en una ola a sus espaldas. En un arranque premonitorio que le puso el pelo del cuello de punta, le dio cierta aprensión tocar ese cabo que le habían arrojado. Al momento de calma le sucedió de nuevo el aullido del viento y en cuanto tuvo el cáñamo en la mano la sola idea de soltarlo lo asustó.

Lo arrastró hacia él con rapidez, sin reparar en el daño que le hacía en las manos, en carne viva. La estacha golpeó en la borda y él la agarró y la llevó hacia adelante para amarrarla en una bita.

—¡Aléjense! —gritó con un hilo de voz pastosa.

La sacudida del bote lo tiró a la bancada y ahí se quedó, a la espera, mirando el buque que se acercaba, debatiéndose entre el deseo de seguir con vida y la certeza de que aquello era un espanto, de algún modo u otro.

En la barandilla había muchos rostros de una palidez sobrenatural que contrastaba con el rojo resplandeciente de las velas. No emitían sonido alguno. Él sentía la intensidad de aquellos ojos mirándolo y el ambiente del buque se expandió y lo arropó con una indumentaria húmeda y pegajosa.

A su lado cayó una soga y en cuanto se pasó el as de guía doble alrededor de los hombros y del asiento sintió que lo alzaban con rapidez mientras veía alejarse el mar con su bote.

Unas manos lo bajaron de la barandilla a cubierta. En circunstancias normales habría sucumbido al intenso deseo, en aquel momento de salvación, de dejarse caer en sus brazos. Pero en lugar de rostros lo único que veía eran manchones blancos brillantes.

Nadie cruzó una palabra hasta que un marinero sacó un cuchillo y se dispuso a cortar el cabo que sujetaba al bote salvavidas.

—¡No! —gritó Lanson con súbito horror.

Todos los rostros se volvieron hacia él.

—Arrástrenlo a popa —les rogó—. No es mucho peso para remolcar y… es mi único dominio.

El cuchillo se posó en la estacha unos instantes y después el marinero lo retiró y volvió a metérselo en el cinturón.

Lanson recorrió la cubierta con la mirada deseando dar con un oficial que le dijera que no era cierto lo que pensaba y que aquella acogida no era más que una mala pasada de sus nervios exhaustos.

Junto al mástil vio a un tipo más corpulento, sentado y aparentemente desinteresado, pasándose de un puño a otro un pasador. Llevaba en la cabeza una gorra de visera y Lanson fue tropezando hacia él con la esperanza de haber dado con el oficial que buscaba, un hombre con rostro.

Pero el oficial no tenía rostro de ningún tipo.

—Soy Edward Lanson, oficial de cubierta de la goleta *Doncella de Gloucester*, que naufragó hace unas tres semanas junto al cabo de Buena Esperanza.

El tipo alzó su rostro sin rasgos y siguió manipulando el pasador de una mano a otra. Finalmente hizo un movimiento con la cabeza hacia el alcázar y Lanson advirtió que era hacia allí donde lo estaban llevando los miembros de la tripulación.

El júbilo que sintió al ser rescatado se esfumó por completo, pues era más que evidente que aquel navío, con aparejos de cáñamo, combés bajo y popa y castillo de proa altos, tenía que haber dejado de navegar hacía varios siglos.

Los tripulantes se detuvieron al pie de la escalera de la toldilla y Lanson alzó la mirada y vio a un tipo alto y nervioso, vestido de español a la antigua usanza. De su faja sobresalía la empuñadura de plata de unas pistolas y un estoque hacia dentro formando una línea fina y brillante. ¡Pero al fin veía una cara, gracias a Dios!

—De la *Doncella de Gloucester*, Edward Lanson, oficial de cubierta, señor.

—¿Muertos?

—Mi tripulación, señor, mi tripulación y mi capitán, todos.

El hombre de la cubierta superior se puso a caminar nervioso adelante y atrás antes de volver a mirar a Lanson. Sus ojos oscuros despedían un brillo insólito.

—Qué desventura, señor Oficial. ¿Muertos, dice, todos menos usted?

—Así es.

—¿Un naufragio cerca del Cabo?
—Así es.
—Y tres semanas a la deriva en un bote salvavidas.
—Así es.
—¿Y no... no siente curiosidad por el suelo que está pisando?
—Prefiero no saberlo, señor. Estoy cansado.
—¡Por supuesto! Es usted un hombre prudente, señor Oficial. Y mentiría si me dijera que no sabe que está usted hablando con el capitán Vanderbeck.

A Lanson le flaquearon las rodillas de puro agotamiento, lo único que lo sostenía en pie eran aquellas manos.

—Llévenlo abajo —dijo Vanderbeck—. Sírvanle un buen vaso de vino. Madeira, y métanle en el vaso unos trozos de pan marino. Cuando se despierte sírvanle comida.

No tenía que alzar la voz para que se le oyera a pesar del viento.

Se dio la vuelta y se perdió en la oscuridad del alcázar mientras los marineros lo bajaban por una escalera de cámara y de ahí a un camarote. Acto seguido entró uno de los tripulantes y le ofreció el remedio recetado. Cuando la puerta se cerró y Lanson quedó a solas, hundió la cabeza en la almohada y todas las preocupaciones lo fueron abandonando, desvaneciéndose ante el exquisito deseo de dormir eternamente.

Cuando se despertó aún sentía las violentas sacudidas del bote salvavidas, después de tantos días de sufrirlas. El movimiento no coincidía con el de aquel viejo buque mercante y a duras penas logró salir de la cama. Le sorprendió que al otro lado de la portilla estuviera todo oscuro y se preguntó si no habría dormido veinticuatro horas seguidas. En cualquier caso, se sentía muy restablecido en comparación a cómo había estado, se sirvió más vino y se comió un poco de pan marino sin saber si le ofrecerían alguna otra comida más contundente.

Advirtió que le habían colgado su ropa en una percha, previamente enjuagada con agua dulce. Ya estaba casi seca. Se lavó el cuerpo lesionado con un balde que le habían dejado allí para tal fin y utilizó la mitad del frasco de bálsamo que habían puesto junto al balde; le refrescó la piel, escocida por la sal, y le permitió moverse sin estremecerse de dolor. El camarote no hacía más que moverse arriba y abajo, adelante y atrás, lo que duplicaba el movimiento incesante del bote salvavidas, y cuando intentaba estabilizarse contra aquellos embates inesperados lo único que conseguía era perder el equilibrio por el movimiento más uniforme del propio navío.

Al poco rato, cuando ya estaba vestido y arreglado, como si alguien hubiera estado observándolo todo el tiempo, asomó por la puerta la cabeza del oficial sin rostro. Sin cruzar palabra, le entregó un trozo de pergamino en el que estaba escrito:

Me va a hacer el favor de cenar conmigo en mi camarote.
Vanderbeck

—¿Qué día es? —preguntó Lanson.

Pero el oficial se retiró sin decir nada y sus botas marinas no hicieron el menor ruido al alejarse por el pasillo. Lanson se volvió hacia un espejo y se anudó nervioso el pañuelo de marinero.

Había tenido toda su vida una excelente noción del tiempo,

• EL RESCATE DEL DIABLO •

lo que le permitía contar los toques de campana en todo tipo de circunstancias sin la ayuda de un reloj. Cuando comenzó a volver a su ser le extrañó sobremanera que fuera de noche y aunque no tenía manera de comprobarlo, le daba la sensación de haber dormido al menos treinta y seis horas. Haciendo memoria, tenía idea de haberse despertado tres o cuatro veces, siempre con un observador al lado que le daba caldo caliente. Pero todo era muy borroso, como si le hubiera sucedido a otra persona.

Se peinó su largo cabello con los dedos y después procedió a examinarse la cara, sin muchas ganas de hacerlo por temor a lo que podía descubrir. Pero había vida en sus ojos oscuros, y color en las mejillas hundidas y en los labios. No, no había duda de que seguía vivo, como tampoco había duda de su recuperación.

Tomó la nota y se quedó pensando en el nombre del capitán, evaluando lo que había visto y oído. Después se sentó repentinamente en el borde de la cama y se tapó la cara con sus manos lesionadas.

¿Qué salida tendría ahora?

¿Por qué no lo habían dejado morir en paz, en su bote?

Porque para Edward Lanson era más que evidente que a partir de ahora le esperaba una vida eterna de tormento en compañía de un loco con una tripulación que llevaba muerta mucho tiempo.

La puerta se abrió para adentro silenciosamente y el oficial impasible reapareció y le hizo gestos urgentes para que lo siguiera sin mayor dilación. Lanson evitó mirar la blanca extensión que había entre su gorra y el cuello de la camisa, los dedos de articulaciones excesivamente prominentes. Siguió.

El camarote principal era muy ornamentado, con muebles de madera negra tallada, sedas brillantes y alfombras orientales. A lo largo de los mamparos de cada lado había filas de baúles, alcanfor y marfil y teca, de los que emanaba el lustre de perlas; otros estaban medio abiertos por el volumen de monedas de oro sin brillo. Las portillas tenían unos seis metros a través y dos metros largos de altura, todo ello de vidrio astutamente dispuesto para hacer brújulas y tritones y caballitos de mar; a través de ellas vio, muy a la zaga, la estela brillante y espumosa que se perdía entre la oscuridad gris y los aullidos del viento.

Antes de prestar atención a los ocupantes de la habitación, Lanson buscó y halló el bote salvavidas deslizándose detrás de ellos con una amarra bien tensa.

Vanderbeck estaba de pie, de espaldas a la escalera de cámara, mirando con tristeza las portillas de popa. Cuando Lanson tocó el respaldo de un silla haciendo un leve ruidito, el capitán se volvió lentamente. Se había quitado las pistolas y el estoque y cambiado las botas marinas por pantuflas con hebilla, pero seguía con la misma vestimenta de seda negra que le confería a su rostro un brillo sobrenatural.

—¿Vino? —dijo Vanderbeck.

—Como desee —respondió Lanson.

El capitán le hizo un ademán para que se sentara a la mesa, cosa que no hizo él. Viéndolo caminar de un lado a otro sin tregua, Lanson partió unos frutos secos en sus manos y los engulló con un oporto excelente.

—Es usted un tipo de una resistencia notable, indestructible —dijo Vanderbeck.

• EL RESCATE DEL DIABLO •

—Lo mismo podría decir de usted —respondió Lanson.
—Sí... sí, supongo que sí. Pero maldita sea, señor Oficial, no sé si yo aguantaría veintiún días en un bote a la intemperie, arrojando a toda la tripulación por la borda, uno tras otro.
—Preferiría no... no hablar de eso, señor, si no le importa.
—¡No, no, no, por supuesto! ¡Maldita sea, por supuesto! ¿Le gusta la fruta?
—Muy sabrosa.
—Bien, bien. La saqué de un buque abandonado llamado *Martha Howe*. El capitán debía de estar loco, para abandonarlo así. Pero ahí estaba, flotando solo en alta mar, ¿y dónde estaba él? En la panza de algún tiburón, lo más probable. Menuda broma para el tipo, ¿no le parece?

Lanson bebió un poco más de vino.

—Es increíble lo que llega uno a encontrarse flotando por ahí —señaló Vanderbeck—. Por el amor de Dios, uno empieza a creer que este maldito mundo se ha propuesto una cosa tan sólo: entregar todas sus riquezas al Viejo Lobo de Mar.

—Eso parecería, sí —dijo Lanson— viendo todos estos cofres.

—¿Estos cofres? Esto son sólo escombros, señor Oficial. Luego le enseño lo que hay en la bodega de proa. Pero antes que nada siéntese a cenar.

Se sentó y el marinero que había entrado puso la mesa con movimientos suaves y mecánicos. Su rostro tampoco tenía rasgos.

—¿Pero qué valor tienen para mí? —preguntó Vanderbeck—. No los puedo gastar. ¡No me sirven para comprar lo que yo quiero! Cómase esa carne.

Lanson se puso a comer lo más despacio que podía, con cierta dificultad para reprimir el deseo de abalanzarse con las dos manos y engullirse todo lo que tenía a su alcance. Ninguno de los volvió a decir nada hasta que hubieron terminado y el camarero trajo el café y unos licores.

Vanderbeck se recostó en el asiento y miró la hora en su reloj, comparándola con la de un antiguo cronómetro que había en otra mesa cercana. Mientras estaba en ello, una sombra se proyectó en la trayectoria de una lámpara oscilante. El vaso de Lanson derramó un poco de licor.

El capitán de la *Doncella de Gloucester*, reconocible sólo por la vestimenta, sin un solo rasgo entre el mentón y la frente, se quedó respetuosamente junto a la silla de Vanderbeck. Lanson sintió que lo estaban mirando, pero intentó no dar muestras de ello.

—Rumbo este-norte-este, el viento sopla con fuerza, señor —dijo el capitán de la *Doncella de Gloucester*.

—Este-norte-este —repitió Vanderbeck—. ¿Cuándo pasaremos el Cabo?

—A medianoche, señor.

—Quizá esta vez no tengamos que darnos la vuelta —dijo Vanderbeck—. Mantenga el rumbo.

El capitán de la *Doncella de Gloucester* se llevó la mano a la gorra y se retiró.

—O quizá sí —dijo Vanderbeck—. Es nuestra única esperanza. Pasar el Cabo y abandonar esto para siempre. Ja, señor Oficial, brindemos por ello, pues mucho me temo que su destino también depende de eso.

• EL RESCATE DEL DIABLO •

Lanson bebió con él.

—Hasta es posible —prosiguió Vanderbeck, cada vez más comunicativo— que *él* no nos aborde esta noche.

Lanson sonrió.

—¿Ha dejado *él* de hacerlo alguna vez?

El rostro de Vanderbeck se ensombreció.

—¿Es necesario que me prive al menos del deseo? No, nunca ha dejado de hacerlo. Ni una sola vez en todos estos centenares de años. Pero según este reloj, lleva un retraso de casi diez minutos. Eso es raro.

Guardaron silencio, los dos a la espera. Lanson sabía muy bien quién iba a venir y por qué, y le maravillaba un poco estar enterado, pese a su juventud, de una tradición tan antigua.

Él no los decepcionó, aunque había transcurrido casi una hora. En la cubierta hubo un remolino de viento aún más sonoro que el vendaval que los asolaba. Por un momento el buque quedó a merced de una fuerza salvaje que tiraba de él y le hacía dar vueltas.

En la cubierta se oyeron pisadas de botas y un saludo para Vanderbeck. Vanderbeck permaneció inmóvil en su asiento.

Las botas hicieron crujir la escalera de cámara y la habitación se llenó de una fuerte ráfaga de viento y una luz deslumbrante, también de humo. Lanson miraba su vaso fijamente.

—¿Qué es esto? —dijo una voz halagadora.

—Edward Lanson —respondió Vanderbeck.

—¿Y quién es Edward Lanson, si me permite la amable pregunta?

—¡Ja, ja! —exclamó Vanderbeck—. ¿Tan bueno es?

Se rió sin moderación y después dijo:

—Oficial de cubierta de la *Doncella de Gloucester*, o quizá debería decir capitán, puesto que estuvo cinco horas al mando. Un tipo inteligente, amigo mío, digno de tu atención. Ha sobrevivido a todos los hombres de su barco...

—¿Comiéndose sus raciones? —preguntó esperanzado.

Lanson tenía el rostro muy tenso cuando alzó la mirada. El *tipo* de la capa oscura y chorreante se había sentado sigilosamente en una silla y *sus* cejas puntiagudas se arquearon con una expresión entre divertida y escéptica.

—Veo que *usted* no lo sabe todo —señaló Lanson con frialdad.

—¿Lo ves? —gritó Vanderbeck—. ¿Lo ves? Veintiún días en un bote a la intemperie y aún tiene el valor de atormentarte!

Tanto se zarandeaba con las carcajadas que cuando quiso servir vino la botella chocaba contra la copa.

Él no se enojó. Una expresión de incredulidad acudió a su rostro afilado.

—Ningún hombre, joven oficial, tiene un poder de sacrificio tan notable. Y *yo* lo sé bien puesto que, al fin y al cabo, soy *yo* el que gobierna las vidas de más personas de las que se imagina.

—Pero no la mía —dijo Lanson— de modo que nadie me puede obligar a creerme esa mentira. Aunque tampoco es que me importe mucho la buena opinión de *usted*.

En su entusiasmo, Vanderbeck sirvió una ronda de licor. *Él* parecía ofendido y no muy contento con lo que había hecho Vanderbeck.

—No ha sido buena idea —gruñó *él*.

—¿Y qué opción tengo? *Tú* me robas, uno a uno, a todos

los que consigo para tripular el barco. Esta misma noche se acaban los días de cinco de ellos y por lo tanto se irán *contigo*. Y cuando tenga que ponerme al pairo, ¿tendré acaso que desistir porque, sorprendentemente, él no ha muerto?

—¿Y qué otra cosa puede esperar ahora?

—*Tú* le vas a dar la misma oportunidad que a los demás —dijo Vanderbeck—. Está a bordo de mi barco y no tiene miedo. ¡Tampoco *tú* lo asustas! Por eso le deseas el mal. Tendrá las mismas oportunidades que los demás, eso es lo que digo.

Él dirigió a Lanson una mirada furtiva pero Lanson se limitó a dar un sorbo de licor sin pestañear. Despreciaba al *tipo* con toda su alma.

Al poco tiempo, *él* se levantó y se dio una vuelta por la habitación, abriendo los cofres y recobrando el buen humor tras reírse del contenido. La imagen de oro y piedras preciosas *le* provocaba esa reacción, como si se tratara de una broma colosal. Finalmente advirtió el cronómetro y volvió a sentarse a la mesa.

Sacó un gran cubilete de dados de dentro de la capa y, abrazando el borde con *sus* largos dedos, puso a bailar los dados del interior.

—Siempre son *tus* dados —dijo Vanderbeck—. Con los años me fío cada vez menos de *ti*.

—Bah, ¿acaso crees que *mis* dados son falsos? ¡Aquí los tienes! ¡Examínalos!

—¿Y de qué me sirve hacerlo? —respondió Vanderbeck—. ¿No quieres usar los míos, por una vez?

—¿Y tener la certeza de que son falsos? Veo que me tomas por un niño, capitán Vanderbeck. ¿Empezamos con la *Generala*?

—Como *tú* quieras —dijo Vanderbeck.

Se apresuró a tirar, sacó cuatro seises y un cinco y lo miró sonriente mientras Vanderbeck agarraba el gran cubilete para agitarlo a continuación. Cuando los dados cayeron al mantel no mostraban más que números bajos.

—Está bien, dispara *tú* primero —gritó Vanderbeck—, y maldita sea *tu* estampa. ¡Esta noche paso el Cabo, lo juro!

—¿No has jurado ya demasiado, tal vez? —dijo *él*.

Vanderbeck se ruborizó.

Él sacudió los dados y sacó tres cincos. Los dos que quedaban estaban terminando de rodar y uno de ellos era un cinco. El último fue también gemelo de los restantes.

—Cinco cincos —sonrió él—. Si te sacas cinco seises, pasas el Cabo. Así es, con cinco seises o cinco ases, te liberas de una vez. Sacúdelos bien, capitán Vanderbeck, porque vuelves a estar cerca de tierra firme tras una larga travesía. Si pierdes serás *mío* siete años más.

Los ojos de Vanderbeck tenían un brillo excesivo.

—A *ti* nunca te han ganado. No *te* preocupa en absoluto. Lo que pasa es que *te* divierte ver cómo lo intento. Pero ahora vas a ver, voy a tirar y *tú* te vas a ir al infierno.

Los cinco dados salieron brincando del cubilete y cuando se detuvieron había dos seises, un par de cuatros y un dos. A Vanderbeck le temblaban las manos cuando dejó fuera los dos seises y metió el resto en el cubilete. Los sacudió a conciencia y los arrojó a la mesa con furia. Sacó otros dos seises.

Él seguía sonriendo, muy seguro de sí mismo. *Le* divertía ver las manos húmedas de Vanderbeck y el tembleque del labio.

Vanderbeck agitó el cubilete con ganas para que el dado

diera vueltas y más vueltas en su interior. Y después, como si quisiera abandonarlo todo, lo dejó salir a la vista de todos.

Él soltó una risa silenciosa, espeluznante. A Vanderbeck se le salían los ojos de las órbitas, estaba al borde de la locura. Lanson dio unas vueltas al licor que tenía en el vaso con leves movimientos.

—*Me* temo que cuatro seises y un dos no sirven de nada —dijo *él*—. De modo que vuelves a ser *mío* otros siete años. Pero no te preocupes. *Yo* me encargo de volver a bendecir el barco. No naufragará. Atravesarás con él todos los vendavales que azotan el punto más bajo del mundo y no nos volveremos a ver hasta que vuelva a llegar tu hora. De modo que buen viaje, capitán Vanderbeck. Sigue recogiendo tripulantes en el mar y mándamelos cuando se les acabe el tiempo. Al fin y al cabo, *me* entregaste tu navío y tu propio ser para ganarle la batalla a estos mares. Y ganaste, como verás. De modo que adiós, que tengas buena travesía…

—Pero también estoy yo —dijo Lanson con calma, sin atreverse a dar lugar a la esperanza—. A fin de cuentas, yo no tengo nada que ver en esto y nada le he ofrecido al mar, salvo mi propio y humilde esfuerzo. Estoy aquí por casualidad y *usted* no tiene ningún derecho a retenerme.

—Rayos, eso es cierto —dijo Vanderbeck—. Por más que me agrade, señor Oficial, creo que lo aprecio demasiado como para condenarlo de esta manera. Vamos, *tú*, dale su oportunidad.

Él los miró indeciso unos instantes y después les dirigió una sonrisa empalagosa mientras se deslizaba de nuevo en la silla.

—¿De verdad quiere ser devuelto al mar, Edward Lanson?

—Antes que esto sí.

—Veo que no le gusta *mi* servicio.

—Yo no se lo pedí.

Él desvió la mirada y volvió a sacar el cubilete.

—Pero que quede claro lo que está en juego. Usted juega por su libertad y *yo* por su alma. ¿Lo ha entendido?

Lanson se enderezó en la silla y se armó de valor.

—Sí.

—La jugada más alta empieza.

Y *él* sacó cuatro seises y un tres.

Lanson agarró el cubilete. Miró unos segundos en su interior y lo agitó. Tiró los dedos y sacó una mezcolanza de números bajos.

Él volvió a agarrar el cubilete le dio unas vueltas con lentitud sin dejar de sonreír a Lanson triunfalmente. Cuando los dados salieron despedidos mostraron tres ases, un cuatro y un dos. Sus manos veloces volvieron a meter el cuatro y el dos y cuando volvieron a salir eran un as y un tres. Puso el as junto a los otros tres y el dado restante dio vueltas y más vueltas en el cubilete mientras *él* se regodeaba viendo la cara tensa de Lanson. El dado rebotó en la mesa y vaciló un instante entre el as y el seis. Finalmente cayó del lado del as.

Él se encogió de hombros.

—Con cuatro ases gana, Edward Lanson. Pero sepa usted que aunque pierda, no soy *yo* un amo tan duro.

—No he perdido —señaló Lanson con empecinamiento.

Agitó los dados en el cubilete. Con un rápido giro de muñeca los esparció en el mantel verde. Entre ellos había dos ases para apartar.

EL RESCATE DEL DIABLO

—Adelante, Edward Lanson. Como dice usted, todavía no ha perdido —dijo *él*, riéndose tontamente.

Lanson agitó los tres dados con violencia. Los tiró y cuando se pararon, sólo uno de ellos era un as.

—Continúe, continúe —rió *él*—. Es cierto que todavía no ha perdido.

Lanson *lo* fulminó con la mirada. Los dos dados que quedaban brincaron en el cubilete y después salieron rebotando a toda prisa.

Vanderbeck se levantó de un salto tan repentinamente que volcó el licor.

—¡Lo ves! —gritó—. ¡Lo ves! ¡Dos ases, eso suman cinco! ¡Ha sacado cinco ases y *te* ha ganado! De modo que sí te pueden derrotar. ¡Te pueden derrotar! ¡Y dentro de siete años veremos qué pasa cuando nos acerquemos al Cabo!

Pero algo insólito le estaba ocurriendo a Lanson. El rostro malévolo de *él* comenzó a desvanecerse. Vanderbeck comenzó a desvanecerse. La tapicería misma de la habitación comenzó a hacerse cada vez más borrosa.

El camarero que aguardaba en la puerta se transformó en un montón de huesos y después en una sombra hasta que finalmente desapareció del todo. Los tablones de arriba se hicieron transparentes como el cristal, incluso la voz de Vanderbeck era cada vez más distante.

El rostro desapareció. Los cofres desaparecieron. La mesa y la carne desaparecieron. Acto seguido la cubierta que pisaba ya no era nada y comenzó a caer.

El agua fue un gélido impacto. Una ola hambrienta se alzó

a su lado y volcó en él toneladas de espuma. Lanson afloró jadeando y comenzó a nadar con toda su alma, obstaculizado por la ropa, ahogado por el mar, ensordecido por el viento.

A su lado había algo blanco que cabeceaba y se aferró a ello con desesperación. La solidez de la verga con la vela enrollada lo tranquilizó porque sabía que era el ancla de capa. Con mayor serenidad, trepó por el cabo hasta la proa del bote salvavidas y advirtió que sólo estaba usando una mano.

Tardó un buen rato en superar las embestidas de la borda pero finalmente cayó al suelo del bote medio inundado, jadeando de alivio.

Fue hasta la bancada del medio y se tumbó en ella cuan largo era. Advirtió que tenía algo en la mano y le echó un vistazo con curiosidad. Vio entonces que seguía teniendo un cubilete.

Por encima de él, los vientos que soplan por el sur del mundo arrancaban la espuma de la cresta de todas y cada una de las olas hasta formar en el aire una cortina de agua sólida y continua. Adelante y atrás, arriba y abajo, dando tumbos, cabeceando, oscilando a duras penas, el bote iba atravesando el vendaval.

Lanson metió el ancla de capa y colgó como pudo su vela atada en el mástil. Todo ello sin dejar de otear a su alrededor por si veía algún rastro del espectral *Holandés Errante*.

Pero el mar estaba despejado y al cabo de un rato puso el timón rumbo al norte. Agarrando el cubilete de dados con una mano obstinada y arrodillado en el enjaretado sumergido, Edward Lanson comenzó a achicar el bote.

AVANCE DEL PRÓXIMO VOLUMEN

Ahora que ha concluido la lectura de algunos de los fascinantes relatos de la colección La Edad de Oro de L. Ronald Hubbard, pase la página y disfrute de un avance de *Asesino de espías*. Siga las aventuras de Kurt Reid, un hombre acusado en falso de asesinato y robo, escapa a Shanghai. Después de rescatar a una bella espía rusa, es capturado por los chinos y forzado al peligroso mundo de la intriga y el espionaje, donde todo y todos no son lo que aparentan ser.

ASESINO DE ESPÍAS

El agua estaba negra y era mucho lo que había que nadar, pero cuando un hombre se enfrenta a la muerte actúa sin contemplaciones.

Desde la borda del buque cisterna *Rangoon*, Kurt Reid se tiró de cabeza al agua perforando con un limpio movimiento la oscura superficie arremolinada del Huangpu. La fuerte corriente lo empujaba río abajo hacia la zona del Bund, alegremente iluminada. No quería ir allí. Sabía que las autoridades se le echarían encima como una jauría de sabuesos antes del amanecer.

Entre su cabeza, a medio sumergir, y aquel resplandor apareció una sombra. Era un sampán que navegaba en silencio a través de la penumbra, su único remo agitaba aquel río denso y negro.

Kurt Reid se agarró a la borda y se dio impulso para subir a bordo. El barquero lo miró aterrorizado. ¿Era acaso algún demonio de las profundidades que había cobrado vida?

—¡*Ai! ¡Ai!*

Kurt Reid estaba demasiado cansado como para sonreír. Se puso de pie con la ropa chorreando agua.

—Lléveme a la orilla de la ciudad de los nativos —le ordenó en dialecto de Shanghái.

—*Ai… ai…*

—Y rápido —añadió Kurt.

El barquero se encorvó hacia el remo. Los ojos eran dos platillos de porcelana blanca y hasta el abrigo culí que llevaba parecía un colgajo. Enfiló la barca en la dirección señalada y la dirigió rápidamente hacia la orilla.

Kurt Reid miró de lejos el casco del *Rangoon* y sonrió. Levantó la mano a modo de saludo burlón y murmuró:

—Atrápenme si pueden, caballeros.

Acto seguido se dio la vuelta y contempló la orilla, cada vez más cercana.

Mientras se escurría el agua de la ropa fue deshaciéndose, uno por uno, de todos sus recuerdos. Como contramaestre del *Rangoon*, pronto tuvo fama de bravucón, uno de esos marineros que primero golpean y después preguntan, célebre por poseer un temperamento tan encendido y rápido como un estoque candente.

Su fama no lo ayudó cuando el capitán apareció muerto en su camarote y se descubrió que la caja fuerte estaba abierta y vacía. Kurt Reid había sido el último hombre que vio al capitán en vida, o eso es lo que creyeron todos.

Tenía por delante la ciudad de Shanghái, y detrás de ella toda China. Si no era capaz de escapar aquí, pensó, merecía morir. Lo único que lamentaba era la falta de dinero, precisamente el que le habían acusado de robar. No se llega muy lejos con tan pocos dólares americanos en el bolsillo.

Sin embargo, a diferencia de la mayor parte de los contramaestres americanos, Kurt Reid se crió en Asia, conocía los países asiáticos y hablaba esos idiomas. Aunque el mal genio le había creado muchos enemigos japoneses y chinos, esperaba poder evitarlos. A estas alturas ya sabrían de su detención y antes del amanecer se enterarían de la fuga. Muchos de ellos se alegrarían de la noticia y desearían que lo atraparan cuanto antes.

De ser necesario siempre podría camuflarse de un modo u otro. Sus ojos eran del color de la noche, el cabello aún más negro y la palidez de su rostro podía teñirse de color azafrán fácilmente.

El sampán chocó ligeramente contra una boya, Kurt Reid le tiró una moneda al barquero y acto seguido desembarcó en el barullo de la ciudad de los nativos.

Carritos ruidosos de dos ruedas tirados por hombres, vendedores que vociferaban sus mercancías a los cuatro vientos, malabaristas lanzando objetos sibilantes al aire. Túnicas de seda que rozaban otras túnicas de algodón, pantuflas roñosas chocándose con zapatos enjoyados. El gentío de las calles sinuosas se fundía en la democracia de China.

Kurt Reid, mucho más alto que el resto, se abrió paso a empujones hasta una casa de té. Allí podría secarse la ropa, pensó, y tomarse algo. Avanzó entre la multitud con paso firme, sin mirar a izquierda ni a derecha, ajeno a quienes se detenían a observar a aquel gigante vestido de negro que iba dejando a su paso un reguero de adoquines mojados.

La casa de té estaba algo apartada de los edificios que se alzaban frágilmente en la calle. Tenía las esquinas redondeadas para ahuyentar a los demonios, un par de banderas al viento con letras rojas y una hilera de farolillos de papel.

Kurt entró y despejó con la mano la nube de humo azul que flotaba entre el techo y el suelo. Un balanceo de gorras negras, un susurro de túnicas. Tazas de té suspendidas unos segundos. Kurt se dirigió al fondo del establecimiento y vio al propietario, de rostro redondo y ojos rasgados.

—Quiero secarme la ropa, me caí en el río.

El hombre abrió un pequeño cubículo de la parte trasera, dio unas sonoras palmadas y en cuestión de segundos ya había un brasero de carbón en el suelo.

Kurt cerró la puerta, se desvistió y puso a secar la camisa de franela negra y los pantalones de campana en un banco. Le trajeron un té, pero él lo rechazó porque prefería vino de arroz caliente.

La ropa comenzó a desprender vapor y el vino de arroz le quitó el frío del cuerpo.

Confiado y tranquilo, Kurt comenzó a pensar la manera de llegar al interior del país y evitar una posible detención.

Si pudiese comprar al hombre chino una de esas túnicas y alguna que otra cosa más, todo saldría bien. Siempre podría sumarse a algún grupo de mercaderes y salir de allí.

Pero sus planes fueron en vano. La ropa no tardó en secarse y Kurt volvió a vestirse con buen ánimo y optimismo. Dio unas palmadas para llamar al dueño del lugar y cuando el digno señor apareció, Kurt se sobresaltó al ver a una mujer sentada con la espalda apoyada en la pared y la mirada fija en la calle bulliciosa.

Puso un billete de un dólar en la mano del dueño y siguió observando a la mujer. Estaba claro que era rusa. Tenía el rostro plano, con pómulos prominentes y anchos orificios nasales. Los ojos levemente rasgados. Vestía un abrigo caro de piel y en la cabeza rubia lucía con desenfado un pequeño sombrero de piel que usaba ladeado. No era habitual ver mujeres rusas solas en la ciudad de los nativos, y menos aún mujeres rusas tan bien vestidas.

—¿Quién es? —preguntó Kurt.

El chino observó a la mujer como si la viera por primera vez.

—Se llama Varinka Savischna —respondió con cierta dificultad al pronunciar las extrañas vocales del nombre ruso.

—Pero… una mujer blanca en la ciudad de los nativos… —dijo Kurt.

—Una rusa —rezongó el chino—. Me crea muchos problemas.

Si desea continuar la lectura de *Asesino de espías* y obtener una copia, consulte la página www.GalaxyPress.com.

GLOSARIO

Los relatos de la Edad de Oro *recogen palabras y expresiones utilizadas en las décadas de 1930 y 1940, lo que agrega autenticidad y un aire particular a las historias. La manera de hablar de un personaje refleja a menudo sus orígenes geográficos, pero también puede transmitir actitudes típicas de la época. Hemos elaborado el glosario que figura a continuación para que los lectores entiendan mejor los términos históricos y culturales que aparecen en el relato, así como palabras o expresiones poco frecuentes.*

---

alcanfor: laurel de alcanfor; árbol grande y ornamental de hoja perenne, originario de Taiwán, Japón y partes de China. Llega a tener hasta veintiún metros de altura y sus hojas tienen aspecto brillante, ceroso.

alcas: nombre asignado a diversas especies de aves marinas del Ártico, de cuerpo robusto, alas cortas y pie palmeado.

alcázar: parte trasera de la cubierta superior de un barco, por lo general reservada para los oficiales.

al pairo: detenerse con el barco apuntando hacia el viento.

amarra: cabo, generalmente en la proa, para sujetar un bote a un barco, a un poste, etc.

• GLOSARIO •

ancla de capa: cono abierto de lona que se tira por la borda y se arrastra por la popa para controlar la velocidad o el rumbo del barco.

a popa: detrás de una embarcación específica.

as de guía doble: as de guía (nudo de lazo que no se desliza ni se traba) con doble lazada en el seno (parte media, no tensa) de una soga.

a través: en un barco, de lado a lado, en perpendicular al eje proa-popa.

bancada: asiento dispuesto de lado a lado de un bote, especialmente utilizado para remar.

barlovento: parte de donde viene el viento.

bita: cada uno de los postes, generalmente dispuestos en pares, asegurados a la cubierta de un barco para enrollar cables, cabos de remolque, etc.

borda: borde superior del costado de los barcos. Originalmente era la plataforma en la que iban montados los cañones, y su diseño respondía a la necesidad de colocar astas adicionales según la artillería que se utilizara.

braza: unidad de longitud equivalente a seis pies (1,83 metros) utilizada para medir la profundidad del agua.

Brobdingnagnense: relacionado con una persona o cosa gigantesca; viene del libro *Los viajes de Gulliver*, escrito en 1726 por Jonathan Swift, en el que Gulliver conoce a los gigantescos habitantes de Brobdingnag. Hoy en día se utiliza para referirse a cualquier cosa enorme.

cabina de la goleta: estructura que se alza sobre la cubierta de una goleta y que alberga el puente.

• GLOSARIO •

calíope: instrumento musical que produce sonido mediante un flujo de vapor a través de unos silbatos y se toca como un órgano. Iba montado en un carro tirado por caballos y forma parte del desfile del circo. Producía un sonido muy alto que se oía a mucha distancia.

carro de Juggernaut: gran carro de trece metros de altura utilizado en la India durante la procesión anual hindú en honor a Krishna, también llamado *Yaganatha* (que significa «Señor del universo»). A veces han muerto devotos aplastados cuando el inmenso carro se desliza por accidente sin control. Otros también mueren en las estampidas que se producen cuando esto ocurre. Desde entonces la palabra *juggernaut* se utiliza para referirse a otros ejemplos de fuerzas irrefrenables que aplastan o destruyen lo que se interponga en el camino.

castillo de proa: cubierta superior de un velero, situada delante del palo de trinquete.

Ciudad del Cabo: capital legislativa de la República de Sudáfrica. Ciudad portuaria fundada en el siglo diecisiete como escala de buques que navegaban la ruta Europa-India.

Coloso de Rodas: estatua gigante del dios griego Helios, dios del sol al que los romanos llamaron Apolo. Considerada una de las siete maravillas del mundo, estuvo situada en la entrada del puerto de Rodas, una isla griega, aproximadamente cincuenta y cinco años. Se construyó en el año 280 a. C. para conmemorar la supervivencia de la isla a un año de asedio. Era una estatua de bronce y piedra, con refuerzos internos de hierro, y medía unos treinta y seis metros de altura. A veces se dice que fue erigida con una pierna apoyada en cada lado del muelle, de modo que los barcos que entraban o salían pasaban por debajo de sus piernas; en un relato se protegía los ojos del sol con una mano.

• GLOSARIO •

combés: espacio en la cubierta superior desde el palo mayor hasta el castillo de proa.

compartimento: cuarto privado en un tren, barco, etc.

cómplice y señuelo: socio de un jugador deshonesto; empleado de circo que se hace pasar por cliente, juega a algún juego (siempre le dejan ganar) o se pone a la cola para que parezca que hay movimiento en la boletería y motivar a los otros clientes a comprar una entrada para la función.

contorsionista: artista de circo que ejecuta contorsiones difíciles.

contramaestre: oficial de un buque a cargo de la supervisión y el mantenimiento del buque y los equipos.

cronómetro: instrumento que mide el tiempo con precisión a pesar del movimiento o de las condiciones cambiantes.

cuerda floja: cable sobre el que hacen ejercicios los acróbatas.

desfile inaugural: desfile callejero para atraer al público al circo. Desarrollado a mediados del siglo diecinueve, el circo desfilaba por las calles para anunciar su llegada y fomentar negocios en la comunidad. En esos desfiles había elefantes, leones y tigres enjaulados en carromatos de circo, etc.

driza: cabo utilizado para izar o arriar la vela.

El Holandés Errante: nombre del barco fantasma que, víctima de una maldición, fue condenado a navegar eternamente en su vano intento de pasar el cabo de Buena Esperanza, en Sudáfrica, contra los fuertes vientos que asolan la zona. Es la historia marítima de fantasmas más famosa desde hace más de trescientos años.

esquilmar: sacarle el dinero a los lugareños con estafas.

estacha: cabo o cable grueso utilizado para amarrar o remolcar un barco.

• GLOSARIO •

estoque: espada pequeña de hoja estrecha muy común en el siglo dieciocho. Se utilizaba para herir de punta.

faro rojo: coche; en el circo se utiliza este término cuando los empleados van a cobrar su paga y lo único que ven son los faros rojos traseros del coche del patrón perdiéndose en la distancia, huyendo con el dinero de todos los empleados.

frac: chaqueta masculina que llega hasta la cintura y, por detrás, lleva dos faldones. Generalmente es negro y se usa como indumentaria de etiqueta para las solemnidades.

fular: especie de pañuelo o bufanda para el cuello.

gavillas: haz de ramas o cañas, o de mies utilizado a menudo como combustible, antorcha, etc.

goleta: barco velero ligero de al menos dos palos y velas dispuestas en el palo siguiendo la línea de proa a popa.

Hobart: capital y puerto principal de Tasmania, en el sudeste de Australia.

ilusionistas del escapismo: artistas que entretienen al público escapando de lugares cerrados. Algunos de los trucos se logran con técnicas de ilusionismo.

John Law: agente de la ley.

juanete: palo o vela por encima del palo mayor, o vela mayor, en un navío de velas cuadras.

lugareños: residentes del lugar.

luz de navegación: una de las luces de un buque compuesta por una luz verde a estribor, una luz roja a babor y, en un vapor, una luz blanca colocada en el extremo superior del trinquete.

luz direccional: dos luces blancas trasportadas por un buque de vapor para indicar la ruta.

• GLOSARIO •

Madeira: vino blanco o ámbar de intenso sabor, parecido al jerez.

maestro de ceremonias: el principal animador del circo. En un principio se ponía en medio de la pista y marcaba el paso de los caballos, que desfilaban suavemente mientras los acróbatas iban subidos al lomo haciendo sus diversos números.

mamparo: tabique de tablas o planchas de hierro con que se divide en compartimentos el interior de un barco.

naufragar: hundirse un barco en el agua por accidente.

novelas de a duro: son el equivalente español a los *pulps* norteamericanos. Su nombre hace alusión al precio que costaban en los años cincuenta en España (un *duro* era una moneda de cinco pesetas).

oficial de cubierta bravucón: oficial de cubierta de un velero que dirige a su tripulación a fuerza de puño.

***Old Glory*:** apodo frecuente de la bandera de EE.UU., creado por William Driver (1803–1886), capitán estadounidense de principios del siglo diecinueve. Recibió la bandera como obsequio, la colgó del mástil de su barco y la saludaba con el nombre *Old Glory* cada vez que zarpaba de los puertos en su travesía alrededor del mundo (1831–1832) como comandante de un buque ballenero. La *Old Glory* fue la bandera oficial del buque durante toda la travesía.

oportunidad: momento propicio para algo.

palurdos: se aplica a las personas que se pasman de cualquier cosa y a las que se engaña fácilmente.

pan marino: pan o galletas finas y duras, no saladas, que se comían antiguamente a bordo de los buques o como alimento militar.

• GLOSARIO •

pantoque: parte casi plana del casco de un barco, que forma el fondo junto a la quilla.

pasador: utensilio de madera o metal utilizado para desenredar cabos y empalmar o desatar nudos sometidos a tensión. Esencialmente es un cono pulido rematado en punta redondeada, de unos quince o treinta centímetros de largo, a veces más.

«pastel»: dinero fraudulento.

«pastizara»: dinero, en concreto un gran número de billetes.

peón del circo: obrero del circo que carga y descarga vagones en un circo.

piélago: parte del mar muy alejada de la tierra; mar profundo.

Polichinela: personaje cómico; personaje de guiñol de origen italiano que probablemente fue el antecesor de Punch, el principal personaje masculino de Punch y Judy, los famosos títeres que datan del siglo diecisiete. Él es el marido cruel y fanfarrón de Judy, una esposa gruñona, el lenguaje que utilizan es a menudo ordinario y satírico.

popa: parte trasera de un barco o de un bote.

puño de mono: nudo que se asemeja a una pelota, utilizado como adorno o como peso arrojadizo en el extremo de un cabo.

quilla: pieza que va de proa a popa por la parte inferior del barco y sirve de sostén a toda su armazón. En algunas embarcaciones se extiende hacia abajo en forma de escuadra para mayor calado y estabilidad.

quiromántico: que practica la adivinación por las rayas de las manos.

sanctasanctórum: parte más respetada y reservada de cualquier lugar.

sargento instructor prusiano: sargento instructor de Prusia, antigua nación del norte de Europa que basaba gran parte de su dominio

• GLOSARIO •

en su poderío militar, imponiendo férrea disciplina en lo que fue uno de los ejércitos más estrictos del mundo.

Scheherazade: legendaria reina persa y la narradora en el libro de cuentos árabe titulado *Las mil y una noches.*

Selva Negra: macizo montañoso con gran densidad forestal que se extiende por el suroeste de Alemania. Famosa pos sus sierras, su paisaje y sus bosques, que en tiempos pasados era impenetrables. La región de la Selva Negra tiene un paisaje mitológico particularmente rico. Se dice que es un lugar encantado, donde abundan los hombres lobo, hechiceros, brujas, el demonio con diversos aspectos y enanos serviciales que equilibran la balanza un poco.

sueste: sombrero impermeable propio de los marinos, de ala levantada por delante y muy ancha y caída por detrás para proteger el cuello en las tormentas.

toldilla: cubierta que constituye el techo de una cabina construida en la popa de un barco.

trapecistas: artistas que trabajan en las alturas del trapecio.

tregua: una pausa, una interrupción.

vagón blanco: la oficina principal del circo.

vanguardia: delante de todo, parte frontal.

velas cuadras: velas de cuatro esquinas, aparejadas a las vergas horizontales del barco, o palos largos que, montados en un mástil transversalmente, sostienen y extienden las velas. Las velas cuadras se utilizan en navíos altos.

verga: percha en diagonal que va desde la base de un mástil hasta la esquina superior de una vela dispuesta a lo largo del eje proa-popa con objeto de asegurarla y estirarla.

L. Ronald Hubbard en la Edad de Oro del género *pulp*

Cuando un autor escribe un relato de aventuras debe saber que está viviendo una aventura que la mayor parte de los lectores no puede vivir.
El autor tiene que llevarlos por distintas partes del mundo y transmitir emoción, amor y realismo.
Si el autor adopta el papel de aventurero mientras aporrea las teclas, tendrá éxito con el relato.

La aventura es un estado de ánimo.
Si uno vive la vida como una aventura, las posibilidades de alcanzar el éxito son grandes.

La aventura no significa exactamente ser un trotamundos ni protagonizar grandes hazañas.
La aventura es como el arte.
Hay que vivirla para que sea real.

L. RONALD HUBBARD

L. Ronald Hubbard
y el género *pulp* americano

L. Ronald Hubbard nació el 13 de marzo de 1911 y vivió una vida al menos tan expansiva como los relatos que cautivaron a cien millones de lectores durante sus cincuenta años de trayectoria. L. Ronald Hubbard era natural de Tilden, Nebraska, y sus años de formación transcurrieron en la escarpada Montana, repleta de vaqueros, representantes de la ley y forajidos que luego poblarían sus aventuras del Lejano Oeste. Y si alguien cree que para escribir estas aventuras se inspiraba en experiencias indirectas, cabe decir que no sólo domaba potros salvajes a una corta edad, sino que además era de los pocos blancos que fue admitido en la sociedad de los Pies Negros (Blackfoot) como auténtico hermano de sangre. Para culminar la educación de aquel muchacho agreste y alborotador, su madre —una singularidad de aquellos tiempos, pues era una mujer muy culta— lo inició en la lectura de los clásicos de la literatura occidental cuando aún no había cumplido siete años.

Sin embargo, como muy bien saben los devotos lectores de L. Ronald Hubbard, su mundo se extendía mucho más allá de Montana. De hecho, al ser hijo de un oficial de marina de Estados Unidos, a los dieciocho años ya había recorrido casi medio

L. RONALD HUBBARD

L. Ronald Hubbard, a la Izquierda, en el «Congressional Airport», de Washington, DC, 1931, con miembros del club de vuelo de la universidad George Washington.

millón de kilómetros, incluidas tres travesías por el Pacífico rumbo a Asia, por entonces un continente aún misterioso. Allí se codeó con personas como el agente secreto de Su Majestad Británica en el norte de China y el último descendiente de los magos reales de la corte de Kublai Kan. Cabe mencionar que L. Ronald Hubbard también fue uno de los primeros occidentales que consiguió entrar en los prohibidos monasterios tibetanos que hay debajo de Manchuria, y sus fotografías de la Gran Muralla de China ilustraron durante mucho tiempo los libros nacionales de geografía.

Cuando regresó a Estados Unidos, el joven L. Ronald Hubbard finalizó apresuradamente sus estudios interrumpidos de secundaria e ingresó en la Universidad George Washington. Como seguramente sabrán los admiradores de sus aventuras aéreas, allí recibió sus insignias como pionero de vuelo acrobático en los albores de la aviación estadounidense. También se ganó un lugar en los libros de las mejores marcas en vuelo libre por realizar el vuelo ininterrumpido más largo sobre Chicago. Es más, como periodista itinerante de la revista *Sportsman Pilot* (donde aparecieron sus primeros artículos profesionales) inspiró a toda una generación de pilotos que transformaría la aviación estadounidense en una potencia mundial.

• EL PULP AMERICANO •

Nada más finalizar su segundo año universitario, Ronald se embarcó en la primera de sus expediciones etnológicas, cuyo destino inicial fueron las costas caribeñas, por aquel entonces ilimitadas (las descripciones de aquella expedición llenarían más adelante páginas enteras de su colección de relatos de suspense y misterio ambientados en Las Antillas).

No es casual que el interior de Puerto Rico también aparezca en los futuros relatos de L. Ronald Hubbard. Además de los estudios culturales de la isla, la expedición de LRH de 1932-33 se recuerda con acierto por ser el marco del primer estudio mineralógico llevado a cabo en Puerto Rico bajo jurisdicción estadounidense.

Hubo otras muchas aventuras de este tipo:

Cuando era miembro vitalicio del célebre Club de Exploradores, L. Ronald Hubbard trazó un mapa de las aguas del Pacífico Norte con el primer radiogoniómetro que hubo a bordo de un barco, lo que lo convirtió en pionero de un sistema de navegación de largo alcance que se utilizó universalmente hasta finales del siglo veinte.

L. Ronald Hubbard en Ketchikan, Alaska, 1940, en su expedición experimental de radio a Alaska, el primero de los tres viajes realizados con la bandera del Club de Exploradores.

Por otra parte, también le concedieron una inusual licencia de Capitán de Barco, lo que le permitía pilotar todo tipo de embarcación, de cualquier tonelaje, en todos los océanos.

Para no desviarnos excesivamente del tema, hay una nota del propio LRH referente a su colección de relatos en la que dice: «*Empecé escribiendo para las revistas* pulp, *escribiendo lo mejor que podía, escribiendo para todas y cada una de las revistas que se publicaban, tratando de abarcar lo máximo posible*».

Y podríamos añadir lo siguiente: sus primeras entregas se remontan al verano de 1934, con relatos inspirados en aventuras reales vividas en Asia y personajes basados hasta cierto punto en los agentes secretos británicos y americanos que había conocido en Shanghai. Sus primeros relatos del Oeste también estaban sazonados con anécdotas extraídas de su experiencia personal, aunque fue entonces cuando recibió su primera lección del mundo de las revistas *pulp*, a menudo cruel. Sus primeros relatos del Oeste fueron rechazados con rotundidad por carecer del realismo de las historias de un Max Brand, por ejemplo (un comentario especialmente frustrante dado que los relatos de L. Ronald Hubbard salían directamente de su tierra natal de Montana, mientras que Max Brand era un mediocre poeta neoyorquino llamado Frederick Schiller Faust que escribía cuentos inverosímiles con muchos tiroteos desde la terraza de una finca italiana).

Un hombre de múltiples nombres

Entre 1934 y 1950, L. Ronald Hubbard publicó más de quince millones de palabras de ficción en más de doscientas publicaciones clásicas. Para ofrecer a sus admiradores y editores infinidad de relatos en una variedad de temas y títulos del género pulp, *adoptó quince seudónimos, además de su ya célebre firma L. Ronald Hubbard.*

Winchester Remington Colt
Lt. Jonathan Daly
Capt. Charles Gordon
Capt. L. Ronald Hubbard
Bernard Hubbel
Michael Keith
Rene Lafayette
Legionnaire 148
Legionnaire 14830
Ken Martin
Scott Morgan
Lt. Scott Morgan
Kurt von Rachen
Barry Randolph
Capt. Humbert Reynolds

Sin embargo, y está de más decirlo, L. Ronald Hubbard perseveró y pronto se hizo un nombre entre los autores que más publicaban en este género, con una cifra de aceptación del noventa por ciento de sus manuscritos. También era uno de los autores más prolíficos, con un promedio que oscilaba entre las setenta y las cien mil palabras al mes. De ahí surge el rumor de que L. Ronald Hubbard rediseñó una máquina de escribir con un teclado más rápido que le permitía escribir sus manuscritos a toda velocidad utilizando un rollo de papel continuo y de ese modo no perder los valiosos segundos que llevaba insertar una sola hoja de papel en las máquinas de escribir manuales de aquellos tiempos.

L. Ronald Hubbard, hacia el año 1930, a comienzos de una carrera literaria que iba a extenderse medio siglo.

El hecho de que no todos los relatos de L. Ronald Hubbard llevaran la misma firma responde a otro de los aspectos del género *pulp*. Los editores rechazaban cada cierto tiempo los manuscritos de las figuras más destacadas del género con el fin de ahorrarse los altos honorarios, de modo que L. Ronald Hubbard y compañía eran dados a utilizar seudónimos con esa misma frecuencia. En el caso de Ronald, algunos de los seudónimos utilizados fueron: Rene Lafayette, capitán Charles Gordon, Lt. Scott Morgan y el infame Kurt von Rachen, supuesto fugitivo buscado por asesinato mientras escribía sin tregua su prosa

El secreto de la isla del tesoro, *de 1937, fue una serie de quince episodios adaptada para la pantalla por L. Ronald Hubbard a partir de su novela* Asesinato en el castillo pirata.

vehemente en Argentina. La ventaja era la siguiente: mientras LRH escribía relatos de intriga del sureste asiático con el seudónimo de Ken Martin, también escribía romances del Oeste con el seudónimo de Barry Randolph, y así, abarcando una docena de géneros, es como pasó a formar parte de los doscientos autores de élite que aportaron casi un millón de relatos durante los días de gloria del género *pulp* americano.

Prueba de ello es que en el año 1936, L. Ronald Hubbard dirigía literalmente la élite de este género como presidente de la filial neoyorquina del Gremio Estadounidense de Ficción. Entre sus miembros había una auténtica galería de personajes famosos, figuras de la talla de Lester Dent «Doc Savage», Walter Gibson «La Sombra», y el legendario Dashiell Hammet, por citar sólo algunos.

Otra prueba de la posición que ostentaba L. Ronald Hubbard en sus dos primeros años del circuito del *pulp* es que en el año 1937 se instaló en Hollywood y participó de la creación de un *thriller* caribeño para Columbia Pictures, recordado en la actualidad por el nombre de *El secreto de la isla del tesoro*. La serie estaba compuesta por quince episodios de treinta minutos y gracias al guión de L. Ronald Hubbard se convirtió en la serie matinal más rentable de toda la historia de Hollywood.

• EL PULP AMERICANO •

A partir de entonces, de acuerdo a la tradición hollywoodense, lo convocaron en múltiples ocasiones para reescribir o arreglar guiones, sobre todo para su viejo amigo y compañero de aventuras Clark Gable. Mientras tanto —y esta es otra faceta característica de L. Ronald Hubbard— trabajaba continuamente para abrir las puertas del reino del *pulp* a otros autores prometedores, o simplemente a todo aquel que deseara escribir.

Su postura era muy poco convencional si pensamos que los mercados ya empezaban a debilitarse y la competencia era feroz. Pero la realidad es que uno de los rasgos distintivos de L. Ronald Hubbard era su apoyo incondicional a la promoción de jóvenes autores, para lo cual escribía con regularidad artículos educativos en revistas especializadas, lo invitaban a dar clases de escritura de cuentos en las universidades de George Washington y Harvard y hasta creó su propio concurso de escritura creativa. El concurso, que se llamó Pluma de Oro, se estableció en 1940 y garantizaba a los ganadores representación en Nueva York y publicación en *Argosy*.

L. Ronald Hubbard, 1948, entre otros compañeros destacados del género de la ciencia ficción, en la Convención Mundial de Ciencia Ficción de Toronto.

Sin embargo, lo que acabó siendo el vehículo de LRH más memorable fue la revista *Astounding Science Fiction* de John W. Campbell Jr. Aunque los admiradores de la épica galáctica de L. Ronald Hubbard conocen sin duda la historia, merece la pena repetirla aquí: a finales de

• L. RONALD HUBBARD •

1938, una poderosa editorial del género *pulp*, Street & Smith, se propuso renovar la revista *Astounding Science Fiction* para ampliar el número de lectores. En concreto, fue F. Orlin Tremaine, director de redacción, quien solicitó relatos que tuvieran un *elemento humano* más contundente. John W. Campbell, director en funciones, se resistió porque prefería sus relatos de naves espaciales y fue entonces cuando Tremaine llamó a Hubbard. Y Hubbard respondió escribiendo los primeros relatos del género que dieron absoluto protagonismo a los personajes, donde los héroes no se enfrentan a monstruos de ojos saltones sino al misterio y la grandiosidad del espacio interestelar: ese fue el principio de la Edad de Oro de la ciencia ficción.

Portland, Oregón, 1943; L. Ronald Hubbard, capitán del cazasubmarinos PC 815 de la armada de EE.UU.

Ya sólo los nombres pertenecientes a esta época bastan para acelerar el pulso a todo el que sea aficionado a la ciencia ficción: figuras de la talla de Robert Heinlein, amigo y protegido de LRH, Isaac Asimov, A. E. van Vogt y Ray Bradbury. Y si a eso le sumamos la fantasía de LRH, llegamos a lo que se ha dado en llamar, con acierto, la base del relato de terror moderno: la inmortal *Miedo*, de L. Ronald Hubbard. Stephen King declaró que era una de las pocas obras que merecen con toda justicia el trillado calificativo de «clásica»: «*Es un relato clásico de amenaza y terror progresivos y surrealistas… Una de las obras buenas de verdad*».

• EL PULP AMERICANO •

Para dar cabida al conjunto de relatos de fantasía de L. Ronald Hubbard, Street & Smith lanzó *Unknown*, una revista *pulp* clásica donde las haya, y pronto ofreció a los lectores emocionantes relatos como *Una máquina de escribir en el cielo* o *Esclavos del sueño*, que provocó el siguiente comentario de Frederik Pohl: «Hay fragmentos de la obra de Ronald que pasaron a formar parte de la lengua de un modo que no han logrado muchos escritores».

> Apagón final *es un relato de ciencia ficción perfecto, nunca se ha escrito nada igual.*
>
> Robert Heinlein

De hecho, y a insistencia de J. W. Campbell Jr., Ronald se inspiraba con regularidad en temas de *Las mil y una noches* y presentaba a los lectores el mundo de los genios, Aladino y Simbad, un mundo que sigue flotando en la mitología cultural hasta el día de hoy.

En lo que respecta a relatos post-apocalípticos, *Apagón final*, escrita por L. Ronald Hubbard en 1940, fue cuando menos igual de influyente, muy elogiada por la crítica y definida como la mejor novela contra la guerra de toda la década y una de las diez mejores obras del género de todos los tiempos. Se trata de otro relato que iba a perdurar de un modo que pocos escritores imaginaron. Este fue el veredicto de Robert Heinlein: «*Apagón final es un relato de ciencia ficción perfecto, nunca se ha escrito nada igual*».

Como sucedió con tantos otros que vivían y escribían aventuras del género *pulp* americano, la guerra acabó trágicamente con la permanencia de Ronald en las revistas *pulp*.

• L. RONALD HUBBARD •

Sirvió meritoriamente en cuatro teatros de operaciones y fue muy condecorado por mandar corbetas en el Pacífico Norte. Pero también padeció graves heridas de guerra, perdió buenos amigos y colegas y decidió despedirse del género *pulp* y dedicarse a lo que había logrado financiar tantos años gracias a sus relatos: sus investigaciones serias. Sin embargo, no iba a ser este el fin de la antología literaria de LRH. Cómo él mismo señaló en 1980:

«*Tuve un periodo en el que no tenía mucho que hacer y lo viví como una novedad en mi vida, siempre tan llena de acontecimientos y años atareados, de modo que decidí divertirme escribiendo una novela de ciencia ficción pura*».

La obra era *Campo de batalla: La Tierra, una epopeya del año 3000*. Fue en éxito de ventas inmediato en la lista del *New York Times*; es más, se convirtió en el primer éxito internacional de ciencia ficción en décadas. Con todo, no fue la obra maestra de L. Ronald Hubbard, pues este juicio se reserva por lo general para su siguiente y último título: *Misión Tierra*, una obra de 1,2 millones de palabras.

Otro elemento de la leyenda de L. Ronald Hubbard es cómo se las ingenió para escribir 1,2 millones de palabras en poco más de doce meses. Pero la realidad es que escribió una *decalogía* de diez volúmenes que ha marcado historia en el mundo editorial debido a que todos y cada uno de los volúmenes de la serie también fueron éxitos de ventas de la lista del *New York Times*.

Es más, a medida que las nuevas generaciones iban descubriendo a L. Ronald Hubbard a través de la reedición de sus obras y adaptación de sus guiones al formato novela, el solo hecho de que su nombre apareciera en la portada ya anunciaba un nuevo éxito de ventas internacional... Además de que, hasta la fecha, las ventas de sus obras superan los cientos de millones, L. Ronald Hubbard continúa ocupando su lugar entre los autores más leídos e imperecederos de la historia literaria. Como colofón a los relatos de L. Ronald Hubbard, tal vez baste con repetir sencillamente lo que los editores decían a los lectores en la época gloriosa del género *pulp* americano:

¡Escribe como escribe, queridos amigos, porque ha estado ahí, lo ha visto y lo ha hecho!

Su siguiente pasaje a la aventura

¡Sigan la aventura total!

El marinero Americano Kurt Reid es un tipo impetuoso: tan duro y enérgico como Benicio del Toro. Falsamente acusado de asesinato, Reid cambia de barco en Shangai… y desembarca en una telaraña de intrigas, traiciones y asesinatos. Atraído a un letal juego de espías, tendrá que aprender rápido las reglas, porque con jugadores como la sexy agente rusa Varinka Savischna el juego es tan seductor como siniestro.

Compre
Asesino de espías

LLAME: 001-323-466-7815
O VISITE LA PÁGINA **www.GalaxyPress.com**

Galaxy Press, 7051 Hollywood Blvd., Suite 200, Hollywood, CA 90028